Você nunca chegará a nada

Juan Benet

Você nunca chegará a nada

Apresentação
Bella Jozef

Tradução
Maria Alzira Brum Lemos

JOSÉ OLYMPIO
EDITORA

Título do original em espanhol
NUNCA LLEGARÁS A NADA
© herdeiros de Juan Benet 1960, 1986, 1990

Esta obra foi publicada com subvenção da Direção Geral do Livro, Arquivos e Bibliotecas do Ministério da Cultura da Espanha.

Reservam-se os direitos desta edição à
EDITORA JOSÉ OLYMPIO LTDA.
Rua Argentina, 171 – 1º andar – São Cristóvão
20921-380 – Rio de Janeiro, RJ – República Federativa do Brasil
Tel.: (21) 2585-2060   Fax: (21) 2585-2086
Printed in Brazil / Impresso no Brasil

Atendemos pelo Reembolso Postal

ISBN 978-85-03-00906-5

Capa: ISABELLA PERROTTA / HYBRIS DESIGN

CIP-Brasil. Catalogação-na-fonte
Sindicato Nacional dos Editores de Livros, RJ.

B412v

Benet, Juan, 1927-1993
 Você nunca chegará a nada / Juan Benet; apresentação Bella Jozef; tradução Maria Alzira Brum Lemos. – Rio de Janeiro: José Olympio, 2008.
 (Sabor literário)

 Tradução de: Nunca llegarás a nada
 Conteúdo: Nunca chegará a nada – Baalbec, uma mancha – Luto – Depois
 ISBN 978-85-03-00906-5

 1. Novela espanhola. I. Lemos, Maria Alzira Brum, 1959-. II. Título. III. Série.

08-4579

CDD – 863
CDU – 821.134.2-3

SUMÁRIO

Apresentação 7
Nota da tradutora 17

Você nunca chegará a nada 21
Baalbec, uma mancha 95
Luto 151
Depois 219

APRESENTAÇÃO

Juan Benet nasceu em 1927, em Madri. Criado em meio à Guerra Civil — tinha 9 anos quando esta se desencadeou —, viveu entre os dois lados do conflito, e ainda teve o pai fuzilado, o que levou sua família a se refugiar em San Sebastián.

Consciente de que as imagens recebidas na infância marcaram sua construção como pessoa, este autor — considerado por muitos o autor espanhol mais importante da segunda metade do século XX — foi um renovador da prosa em língua espanhola nos anos 1950. Pertencia à "Geração do Meio Século", escrevendo na *Revista Espanhola* (que teve apenas três números) e freqüentando a tertúlia do café Gijón, época em que conheceu Luis Martín Santos, Rafael Sánchez Ferlosio, Carmen Martin Gaite e Juan Goytisolo. Escrevia ainda na *Revista de Occidente*,

Cuadernos para el Diálogo e *Cuadernos Hispanoamericanos*. Esse é o tempo do florescimento da literatura hispano-americana, a partir do esgotamento do chamado realismo social; tempo de maior flexibilidade na censura e de maior contato desses países com a Espanha.

Dentre as leituras que o influenciariam, Poe, Kafka, Thomas Mann, Faulkner, Proust. Também nessa época, Juan Benet formava-se em Engenharia de Estradas, Canais e Portos. Para Benet, resultou tão vital sua prática como engenheiro quanto a aplicação literária de sua meditação sobre a inquietude humana. A literatura não foi o pretexto para abandonar os temas hidráulicos, aos quais dedicou bastante tempo: entendia a ciência e as letras como atividades complementares. Nos anos 1970, viajou à China e participou de conferências nos Estados Unidos. A aversão que tinha a todos os convencionalismos, sua mestria em penetrar com lucidez e ironia nas mais variadas questões, e nas mais próximas, seu amor à música e à história foram relembrados nos dez anos de sua morte, em 1993.

A primeira obra publicada de Benet foi *Max*, peça de teatro, na *Revista Espanhola*, em 1953. Em 1961, publica este *Você nunca chegará a nada*, seu primeiro livro de contos, em edição custeada pelo próprio autor. Em 1969, recebe o Prêmio Biblioteca Breve com a novela *Una meditación*, de cunho memorialístico — em que se percebe a influência de Bergson —, e, em 1980, seu *El aire de un crimen* foi finalista do Prêmio Planeta.

Criou para seu próprio uso Región — à semelhança de Comala, de Juan Rulfo; de Macondo, de Gabriel García Márquez; ou Yoknapatawpha, de Faulkner —, o lugar mítico onde se sucedem os horrores da guerra fratricida que foi a Guerra Civil Espanhola. Nesse lugar inventado, "seco e descarnado", onde habitam ódios e ressentimentos, rivalidades e lealdades, transcorre quase toda a sua narrativa, órfã de protagonistas e envolta em uma atmosfera densa de caracteres que se intercambiam para, em última instância, fazer ressaltar a proeminência meta pessoal — "desproteção, instabilidade, desassossego formam o signo do céu de Región. Céu que não é do sol mas do vento", segundo Rafael Sánchez Ferlosio.

Grande parte da crítica espanhola do pós-guerra tem apontado a importância da narrativa de Benet e mesmo uma certa dificuldade em seus textos, adiantando que apenas um público seleto os entenderia. Entretanto, a partir dos anos 1970, suas narrativas passam a apresentar menor complexidade estrutural. O autor abandona a trama e alimenta as incertezas do leitor, sem nunca oferecer o que ele sabe ou intui, em parágrafos longos, cheios de metáforas. Caracterizam-no o vigor de sua prosa e as descrições exatas; a presença do passado, que não está completamente acabado, espreitando o presente, e uma natureza poderosa.

Dizia acreditar cada vez menos na estética do conjunto, e que o argumento carecia de expressão literária. "Definir a narração como a 'arte de contar história' parece-me uma banalidade inqualificável", dizia. O melhor dos romances são alguns fragmentos que configuram o melhor da mente humana. E acrescentava: "O romancista é um crítico fracassado, um homem que por querer levar até um limite impossível o conhecimento da arte que o apaixona não encontra outra saída que [não] a criação."

Sua inspiração sempre buscou um estilo ("O escritor só alcança a liberdade no estilo"), na medida em que é este uma forma de entender o universo. Viveu a escrita como um ofício, repudiando as meias-tintas. Segundo ele, o escritor deve libertar-se de todas as ataduras de um realismo que impõe causalidade e explicação para tudo. A busca de novas fórmulas narrativas vai levá-lo a uma desrealização sistemática que leva à mitificação da realidade.

A chave para elucidar a escrita de Benet passa pela renúncia a interpretações que busquem o significado de algo concreto. Nada passa mais longe de sua intenção do que um texto do qual se possa deduzir algo que não seja de modo indireto.

Sua prosa é de grande riqueza léxica e complexidade sintática. Praticou também o ensaio, fazendo a defesa apaixonada do estilo como o recurso mais férreo a que se pode sujeitar um romancista: estilo subjetivo que fale do cotidiano, mas supere o realismo social e se afaste da literatura engajada dominante naqueles anos.

Depois de Pio Baroja, cuja tertúlia Benet freqüentou, podem-se perceber o caminho da literatura espanhola em duas vertentes: a de Juan Benet e a de Camilo José Cela. Este sentia-se depositário da tradição naturalista, vinda de Cervantes, e da picaresca, passando por Galdós, a quem, aliás, criticou acerbamente. A vertente que reprentava vinculava a Espanha e sua história a um sentimento trágico de perdas: a guerra civil, a miséria que se seguiu, a depauperação do meio rural foram descritos com uma atroz falta de esperança e, o que é pior, de expectativas.

Já a face da moeda novelística cujo cunho se deve, em grande medida, a Benet, intentava conectar o romance espanhol às práticas contemporâneas de além-fronteiras. Tratava-se de fazer o idioma soar como uma nova música, abrir-se a temas diferentes e incorporar o próprio e o alheio: esse foi seu grande êxito, que se traduziu em êxito de público. Difícil encontrar, em épocas anteriores, empatia maior entre autores e público.

O gosto de Benet pelo relato de aventuras remonta a Conrad, ficando patente no ensaio intitulado "Algo acerca do barco fantasma" — incluído em *La inspiración y el estilo*, o primeiro livro em que formula as linhas gerais de sua poética particular, em meados dos anos 1960. Suas idéias sobre o gosto literário, a literatura francesa e sua recusa ao "costumbrismo", responsável, segundo ele, pela decadência da literatura espanhola a partir do século XVIII, tinham de resultar em polêmicas.

Uma característica de seu *Volverás a Región* é ser um texto cheio de citações, algumas indicadas entre parênteses, outras mantidas em mistério. Em dois momentos, indica-nos os autores parafraseados: Nietzsche e Faulkner. O primeiro legou a Benet a concepção da arte como a celebração do passageiro, do que morre. Como em *Você nunca chegará a nada*, conta a desunião familiar, a substituição de valores éticos por uma inércia destrutiva, mais preocupado com o lado obscuro dos caracteres que com a profundidade psicológica. Quanto a Faulkner, declarou que sem sua influência jamais teria escrito, a qual lhe indicou o caminho a seguir: "Se um dia de 1947 meus olhos não houvessem tropeçado com uma página de Faulkner seria agora um engenheiro espanhol de meia-idade. Com talvez mais leituras em meu haver das convenientes e com certa curiosidade pelos relatos de fantasmas, os romances sobre o mar e a história romana e bizantina." Este autor lhe apresentou novas maneiras de perceber o universo e a prática da criação de um espaço mítico mais representativo da realidade que a própria realidade. A mente, ao recordar o que aconteceu, encontra impressões nebulosas. Por isso, *Volverás a Región* e *Una meditación* constituem o esforço de uma mente em racionalizar um material disperso.

Podemos aproximá-lo de Euclides da Cunha, do qual leu *Os sertões*. Tanto em um como em outro autor percebe-se que aquilo que se pretendia uma crônica de fatos históricos acaba por se transformar em um discurso narrativo — discurso este indicador da impossibilidade de dar forma a essa zona de sombras em que reside o destino e o enigma do ser humano, situada além da linguagem. Os protagonistas de *Herrumbrosas lanzas* (1983) oferecem imagem ambígua que se projeta sobre toda a campanha política de Región, e nos dois lados, o republicano e o nacional. A vitória transforma-se em derrota e a épica passa a uma antiépica, devido ao caráter ambíguo da consciência humana. Nesta obra inacabada, Benet levanta o mapa geográfico e pessoal desse seu território narrativo próprio.

Em 1961 publica *Você nunca chegará a nada*. Consta de quatro relatos: "Você nunca chegará a nada", "Baalbec, uma mancha", "Luto" e "Depois", em que a ruína e a destruição física e moral aparecem como constantes *leitmotifs* em que deixava prever recursos utilizados posteriormente.

O primeiro conto narra a viagem misteriosa empreendida por alguns amigos, caracterizado por um entrecruzamento de planos narrativos e pela temporalidade, recurso que empregará em obras posteriores. No segundo conto, "Baalbec, uma mancha", aparece pela primeira vez Región, um espaço incomunicado e perdido, símbolo da ruína e da decadência, zona mítica de relatos posteriores, além de outro tema também freqüente na primeira fase do autor: a morte e os túmulos. A narrativa, através da memória, destaca o fim das grandes propriedades e as perdas, símbolo da decadência.

Nesse conto predominam o diálogo ágil e o ritmo musical da prosa, caracterizado pela repetição de palavras, com ligeiras alterações nas frases. As relações entre os personagens precisam ser adivinhadas à medida que eles vão surgindo, aos poucos, descritos, mas não nomeados. Em "Luto", palavras e gestos repetem-se num ritual incessante. O leitor caminha como desnorteado, até que tudo tome sentido. Trata-se da solidão de um viúvo que recorda o passado, ao lado do túmulo da mulher, ao mesmo tempo que narra o presente. A ruína e uma luta implacável entre dom Lucas e seu criado, numa indeterminação de nomes, mostra a impotência do homem ante o destino. O mistério vai-se revelando paulatinamente. Símbolos encadeiam as cenas com uma dose de ironia e de humor negro. Em "Depois", os temas da morte e da destruição do ser fazem-se presentes em meio a casas deterioradas que encerram as recordações do passado.

Os narradores de *Você nunca chegará a nada* caracterizam-se por uma "quase onisciência". Conhecemos os pensamentos do protagonista, porém com alguma restrição em relação ao espaço e ao tempo, o que frustra nossa expectativa e nos faz questionar as atuações do narrador. O fato de o narrador ocultar ou desconhecer os antecedentes da ação faz com que esta fique apenas esboçada e impede-nos de cair na limitação do realismo. Para Benet, "a verdade é uma categoria que se suspende enquanto se vive, que morre com o morto e nunca ressurge do passado".

Sua adjetivação também difere da do autor realista: este, em suas descrições, pode acreditar na possibilidade de estabelecer uma visão total de fatos e personagens. Em Benet, o objeto apresenta-se em facetas, como se a perspectiva da contemplação impedisse de se abarcar tudo. O passado alterna-se com o presente. Nem há unidade de tempo nem de lugar, além da ausência total de unidade de ação. Importa-lhe tudo o que resvala em torno da realidade, sempre incerta para ele.

Tais narrativas apresentam em comum com seus textos posteriores a mitificação da realidade, o entrecruzamento de planos narrativos com a ruptura do tempo cronológico linear, a mescla de passado — através da recordação — e de presente, a mudança de ponto de vista do personagem, as descrições detalhadas.

Benet criou um mundo de personagens com destinos brutais, que não podem evitar o eco do passado — um tempo que se arrasta por um círculo de sombras percorrendo as noites enquanto clamam por uma vingança que não chegará jamais —, numa narrativa marcada por palavras sem sentido que se repetem e fantasmas da memória que não terão um amanhecer.

Cada personagem apresenta matizes de outras vozes; sua caracterização depende do narrador, que faz breve menção ao aspecto físico. "Novelar" é, para Benet, restaurar fragmentos de existência que equivalem ao vazio. Ele situa suas vozes narrativas em estado flutuante anterior ao da consciência, para salvar das trevas do esquecimento.

Esta publicação de *Você nunca chegará a nada* será de grande benefício para o afortunado leitor, que tomará contato com um autor pouco lembrado e que, com raras exceções, não foi compreendido em todo o seu alcance. Considerada paradigma da modernidade, sua obra caracteriza-se por uma preocupação com a expressividade lingüística que o leva à adoção de novas técnicas estruturais e a uma revalorização do imaginário. Juan Benet é escritor que se beneficia com a releitura, pois nunca escreveu uma página menor.

Bella Jozef

NOTA DA TRADUTORA

VOLTAR A JUAN BENET

Li *Volver a Región* e outros livros de Juan Benet em Madri nos anos 1990, pouco depois de sua morte. Nenhum autor espanhol, de sua geração, dos que eu conhecia até então me impressionou tanto como este engenheiro, pelo que era capaz de fazer com as palavras. Mais de uma década depois, voltei a Juan Benet. Passar para o português *Nunca llegarás a nada* me deu o privilégio de incursionar nas nascentes da obra deste autor e compartilhar, desde o fundo das línguas e da linguagem, do momento de sua criação. Mas também significou um grande desafio, no limite entre a paixão pela literatura e o rigor da tradução.

Maria Alzira Brum Lemos

Você nunca chegará a nada

VOCÊ NUNCA CHEGARÁ A NADA

Um inglês bêbado que encontramos não me lembro onde, e que nos acompanhou durante vários dias e talvez semanas inteiras daquela desenfreada loucura ferroviária, chegou a dizer — depois de muitas noites mal dormidas e no decorrer de sabe-se lá que morrediça, noturna e interminável conversa — que éramos apenas uns pobres *deterrent* tentando em vão sobreviver. Depois disse que não entendia; perguntava por que continuávamos empenhados em viajar sem objetivo (talvez por isso nos seguisse) e pedia que explicássemos melhor o que pensávamos fazer, que — por favor — disséssemos de uma vez e claramente, pois, de outra forma, nos abandonaria para sempre à nossa triste sorte.

Provavelmente não lhe demos atenção; não respondemos nada, nem branco nem preto. A partir de uma daquelas noites fechou-se num ostensivo e infantil silêncio, que só abandonava para repetir — mil vezes por noite

— que, sim, já sabia que existia gente como nós, que nunca havia encontrado com ela, mas estava cansado de saber que existia; que com gente como nós (misturava um tom de inevitável comprovação e um irresistível desejo de negá-la) não havia nada a fazer. Inclino-me a acreditar que durante alguns dias, ou tão-somente algumas horas, fomos para ele uma espécie de visão desconcertante, de cuja inutilidade, falta de sentido e apetite resistia a se convencer. Disse que era da região de Manchester (com a mesma paixão forçada com que devia dizer impropérios sobre Manchester à mesa de jantar) e que nós, em contrapartida — nunca conseguirei saber se disse isso em tom de interrogação ou certeza —, o que éramos senão pobres *deterrent* tentando em vão sobreviver, *trying to rise again*. E acrescentou mais alguma coisa com um rubor que o obrigava a ir até a vidraça, embaçando-a com sua respiração, dando-nos as costas, simulando decifrar as placas de uma estação enquanto cochilávamos, coisa que nunca consegui nem conseguirei entender de todo. Arrastava os dias procurando uma definição; começou a maldizer (à noite, geralmente, para continuar se repetindo, obstinado e infatigável, durante as primeiras horas das manhãs úmidas pela planície de Holstein, um céu de azul impenetrável, e ao norte de Flensburgo: as vacas cor de lenha pelos suaves declives da Dinamarca) as gerações perdidas, a juventude sem ideais, o fracasso da idade e, sem dúvida, até os anos de peregrinação; mas nunca conseguiu encontrá-la. Mudávamos de vagão; Vicente nunca o ouvia; passávamos as noites sentados nas malas, em estações caóticas, nos desviávamos do caminho, mas ao final, quando já imaginávamos que nos separava meia Europa, ele voltava a surgir rodeado de vapor, que se dissipava para dar lugar ao seu sorriso infantil, sentado no canto do vagão, espremendo-se contra a janela e me olhando de soslaio (porque Vicente desaparecia atrás da mulher) para repetir, com aquela teimosa arrogância de que só tal raça é capaz, a mistura de recriminações inconclusas com que tentava definir toda a maldição de um destino cumprido que se negava a dar-se como tal.

Ao fim conseguimos perdê-lo. Quando decidimos ficar numa cidade, da qual me esqueci, mais de dez dias, abandonando nossa inspiração e nos dedicando à fruta, desapareceu.

Um dia compreendemos que não voltaria a nos visitar; deve ter despertado numa manhã com uma energia repentina, disposto a não sofrer mais. Colocou o cachecol e partiu sem se despedir, embriagado de sidra, tentando dissimular para si mesmo a expressão pueril com que tantas vezes quis nos corrigir e seduzir, última munição que gastava em honra de uma oportunidade que resistia a dar por perdida, pois, com um pouco mais de experiência e sangue-frio, teríamos conseguido aproveitar nossa liberdade comum com mais fantasia e menos arrogância. Um dia despertou, cansado de chorar e de nos seguir como um cão, e partiu. Sentimos falta dele, infelizmente. Foi isso que me levou depois a pensar mais nele: o rosto fino, mas com as bochechas coradas, o casaco azul com o latim bordado no bolso rodeado de *fortitudos* e *salutems*, uma espécie de inchaço no rosto que nascia pela manhã para que acordasse com uma aparência ainda mais infantil, uma atitude suspensa, inconformista e inexplicável, como se contasse apenas com uma espécie de censura moral para se proteger da sua perplexidade.

Ele desapareceu, mas sua frase ficou, injusta e grave, sem significado reconhecido. Quantas vezes antes de dormir a senti balançar-se acima da minha testa, pendendo como um colhão, tentando atrair inutilmente a maldição que não podia se justificar em outro lugar. Ela tampouco me deu, nem consegui traduzi-la, nem sequer soube se a havia transcrito corretamente. E lá ficou, juntamente com todas as cabines de terceira; as pantomimas sexuais, as bebedeiras da meia-noite, todas as outras viagens pelas úmidas planícies de matéria contínua e fazendas noturnas, empreendidas desde um ponto cíclico do vazio até uma meta inominada do ontem, girando e balançando sobre a minha cabeça no seu idioma original, sem eu querer nem saber traduzi-la, sem sequer entendê-la, mas compreendendo — por isso mesmo — que devia se tratar de uma terrível verdade que somente seríamos capazes de superar quando os anos passassem e (além de se apagarem as vivas cores do futuro, além de se dissiparem para sempre os mistérios e vertigens da juventude) se apagassem definitivamente os desordenados rastros daquela desenfreada, quase patética, luxúria ferroviária.

Hoje seria suportável, e mesmo evocador, se não tivesse implicado uma intenção tão... pessoal. Se a natureza do fracasso — à qual implicitamente devia se referir — tivesse discretamente se mantido no plano das circunstâncias normais sem chegar a convicção. Não foi assim, hoje é evidente. Maldita a graça que pode fazer a um homem tê-la consigo todas as noites — girando em círculos de obsessão, com as cavernosas sombras da silhueta de uma tia morta, com a testa envernizada e transformada em sibila por culpa de uma prisão de ventre crônica —, tê-la na ponta da língua cada vez que sai de casa com as mãos nos bolsos e se encaminha — sem saber — para a cantina de uma estação.

Nunca me lembrarei por que empreendemos aquela viagem. Ou seja, me esqueci do pretexto. Um dia Vicente apareceu no escritório para perguntar como eu estava de dinheiro.

— Dinheiro? Muito bem. Maravilhosamente. Tenho o quanto quero e até mais — levantei-me, comecei a passear pelo cômodo, balançando a cabeça. — Pode-se dizer que estou nadando na abundância.

Ele era o amigo rico. Tínhamos sido colegas num colégio religioso, onde nem sequer, acho, chegamos a saber os sobrenomes um do outro. Mais tarde nos encontramos — o olhar um tanto hipnotizado, as convicções relegadas ao futuro — fazendo o mesmo curso; nos víamos uma vez por ano, no mês de junho, quando nos apresentávamos para o exame de aptidão. Sua fortuna lhe permitia estar ali com certo desprezo diante da atitude frenética daquele milhar de examinandos; sabia chegar atrasado à entrevista, arrastando o quadro entediado; sabia se manter distante e indiferente ao escândalo daquela matilha histérica, alvoroçada pelos algoritmos, mais preparada para a caça ao pombo do que para o exame de ciências exatas; sabia, nos intervalos, deitar-se à sombra de uma árvore próxima e evocar as noites do verão iminente com um daqueles colegas que levavam dez anos tentando passar com o único objetivo de esticar a mesada e prolongar a paciência de um pai fazendeiro. Nunca foi visto discutindo um exercício, nunca transpareceram em seu rosto a menor preocupação nem o menor interesse pelo resultado do exame, nunca — obviamente — assistiu à publicação das listas dos aprovados — o momento supremo da cerimônia de imolação anual (numa noite de verão tradicionalmente coberta de pesadas nuvens arroxeadas que, com majestade e indiferença, cruzavam as copas das árvores do jardim auguralmente iluminado por dois lampiões de gás e uma luminária de mesa) da peculiar multidão de perfumados e sussurrantes examinandos (depois de quatro, cinco ou sete anos estupefatos, dormindo boquiabertos, incapazes de abandonar no sono nem o cordão da fetal esperança nem o compasso malicioso do despertador incrédulo) e pais aflitos procurando manter a presença de espírito, que continha a respiração e ordenava silêncio quando o pano se levantava e aparecia, apoiada no parapeito de uma janela do primeiro andar iluminado por uma luminária de mesa, a secretária que devia proceder à leitura da lista dos examinandos não tão definitivamente aprovados como definitivamente indultados de toda incerteza, e à qual se seguiam o silêncio fatídico, o grito de incredulidade, o uivo sobre a silenciosa consternação de uma multidão decapitada retirando-se do foco de luz com o eco de uma onda incapaz de transpor o muro enquanto ao fundo uma voz desolada continuava chamando um nome com insuportável insistência num tom agudo, porém neutro, impessoal, excitado, emergindo de trás das árvores como do reino das feras, preludiava a corrida sob as árvores — cujo resultado deve tê-lo surpreendido ao voltar para casa, depois de uma tarde nos arredores em companhia de umas amigas afetadas. Tão fácil foi para ele aquele pequeno drama, tão pouco esforço dedicou àquele lamentável exame que, como era de se esperar, ingressou em seguida.

A academia logo começou a nos entediar e a causar pequenos desgostos e incômodos trimestrais, que ele — apoiado na sua imensa fortuna e fazendo uso da fórmula mágica da despreocupação — sempre soube resolver com mais habilidade que eu. Porque, definitivamente, quando, depois de tantos anos que a indiferença desbotou, tento esclarecer para mim mesmo o que realmente consegui — relativamente jovem — com aquela vitória que parecia satisfazer todas as ambições herdadas e que parecia inclusive capaz de abrir e desatar e desencadear novas ambições inverossímeis, vejo-me obrigado a confessar que se reduz a nada. Porque, com o privilégio de chegar a ser funcionário qualificado com capacidade de despreocupação suficiente para poupar-me de uma inútil tentativa de suicídio, deve ter se esgotado também todo o gás que devia haver em mim para tentar algo novo, mergulhando até o pescoço na perspectiva de consumir meus dias fumando em poltronas cada vez mais fundas, contemplando através das vidraças, centenariamente esfregadas por um pano esfarrapado que deixou seus rastros espirais, como as tardes caíam pesadas. Quando me lembro daquele tempo final de estudante na casa materna, mais que a inapetência e a indiferença, admito que o que meu medíocre triunfo me proporcionou com mais satisfação foi a indiscutível capacidade para agüentar imperturbável o olhar da minha tia Juana quando, pela manhã, entrava no meu quarto para me acordar, cravando em mim os olhos pequenos e negros como as cabeças das suas agulhas de tricô:

— Calamidade, você nunca chegará a nada.

Era solteira e cinqüentona, irmã mais velha da minha mãe, algo como o cofre de todas as virtudes da família. As virtudes mais notáveis e significativas da minha família (como de todas as famílias à véspera da extinção) eram o mau humor, o espírito limitado e a avareza, que a imprensa sensata costumava definir como seriedade, amor ao trabalho e economia, e que minha tia Juana tinha levado a um grau dificilmente imaginável de perfeição. O destino tinha lhe proporcionado acontecimentos tão amargos nos seus melhores anos de mulher que passou pela juventude como por uma autoclave; ali só ficaram virtudes esterilizadas, um apego à goma e uma dose desproporcionada de tempo inútil por diante. Aos 23 anos, noiva de um brilhante militar (seu retrato — uma espécie de pêssego num suporte de guardanapo —, numa moldura de ferro trabalhado orlado com uma braçadeira de luto preta que cheirava a cabra, permanecia na mesinha-de-cabeceira dela, rodeado de remédios), teve que ver o Destino arrebatá-lo desta terra desgraçada na véspera do casamento. Ao que parece, a despedida de solteiro, numa cervejaria do subúrbio que passaria à memória familiar como o poço negro de Calcutá, causou-lhe uma disenteria tão soberana que naquela mesma noite o capitão esvaziou todas as entranhas pela parte mais ingrata; deve ter sido homem sofrido e cumpridor do seu dever porque, no dizer do meu tio Alfredo, ainda teve energia suficiente para puxar a descarga no último instante de lucidez e esvaziar a caixa em cima de tanta imundície enquanto caía sem vida. E na ala (sempre existe essa ala, por maior que seja a decadência familiar) liberal da família ficou para sempre a suspeita de que tal gesto de honradez foi o que lhe valeu no necrológio o "morto em ato de serviço".

A despeito desse passado, eu e a tia Juana nunca fomos muito amigos; para nossa mútua incompreensão, o demônio familiar tinha encarnado a contrafigura do tio Ricardo na pessoa do seu sobrinho; com o passar dos anos, da mesma forma que a figura do bom Ricardo e seu gesto último perdiam seu calor passional para elevar-se ao ápice do exemplo patriótico, cresceu o horror do sobrinho às virtudes domésticas, à pontualidade inútil, ao rigor, à seriedade extremada, às lamentações (através do pequeno pátio e das janelas esmerilhadas) matinais da prisão de ventre e às invocações piedosas, "mais perto de ti, Ricardo", da minha tia Juana no vaso dos suplícios.

E, no entanto, hoje, quando consigo ser justo, lembro-me da tia Juana com alguma freqüência, e, apesar do pesadelo colateral, da dívida de gratidão que para sempre contraí com ela; agora que a coitada estará junto ao bom Ricardo (e imagino que o paraíso para eles seja uma espécie de comum e eterna prisão de ventre), percebo que os princípios fundamentais da minha existência se cimentaram — quase como a casa de Áustria — na rivalidade com a tia Juana. Para um homem sem muitas ambições, filho único de uma mãe que nunca pediu explicações de nada e que, entediando-se com a conversa das mulheres, não tem dinheiro suficiente para ir viver num país do Norte, a própria subsistência teria sido um problema difícil se no seu devido tempo não lhe tivessem excitado o orgulho e um certo gosto pela troça as provocações de uma tia virtuosa.

Então, quando ingressei compreendi que todas as conseqüências do sucesso se resumiam em duas coisas: a chave do portão e a fibra moral, a categoria cívica necessária para agüentar cara a cara os olhares de censura da minha tia Juana. Como conseqüência disso, deve ter se fundamentado no meu mais recôndito interior a convicção de que toda a minha dívida para com a sociedade (uma vez que me eram indiferentes os ditames do seu censor mais rigoroso) estava saldada para sempre: só fiz o curso universitário para cumprir a tarefa de uma vez, nem consegui, entre os 20 e 25 anos, descobrir nada que me interessasse vivamente. Da mesma forma que cinco anos atrás eu me levantava todas as manhãs com o "agüente, continue, um dia conseguirá e poderá fazer aquilo que lhe der vontade, mandá-la ao inferno, rir na cara dela", minha segunda juventude ficou abreviada num sem-fim de tardes anacrônicas em cima de uma cama de armar gasta, um quarto carregado de fumaça no qual flutuavam permanentemente a censura social, a desilusão impessoal: "Vamos ver quando você vai se convencer de que o único objetivo das ilusões é fabricar desilusões. Agora que está a um passo de se formar, vamos ver se aprende a ficar totalmente desiludido para sempre." Mas talvez porque a parte heróica de uma vocação — que resistia a se sujar — tivesse ficado silenciada pela inapetência invencível que me mantinha afastado dos meus deveres de calamidade, talvez porque nunca tive toda a fibra necessária para não fazer nada, talvez porque durante vinte anos de tardes em branco tenha forjado no teto um projeto complexo demais para ser realizado de uma única vez, ou talvez porque nunca consegui chegar a ser forte o bastante (apesar do conhecimento, a vontade vacila) para fazer capitular o meu desdém, alimentado toda manhã pela visão da minha tia de penhoar, o certo é que, quando acabei a faculdade, comecei a trabalhar.

Felizmente, meu trabalho não era totalmente honrado. Arranjei emprego com um construtor, homem não muito honesto. Além de construir de vez em quando uma ou outra moradia malfeita, nossa atividade era dominada pelas atribulações do negócio: da compra da autoridade judicial à venda descarada, quando a coisa ficava feia, de todos os materiais que não tinham sido pagos, incluindo as batatas e o carvão de uma cooperativa da vizinhança que não deveria ter relação com a nossa firma. Esse trabalho — além de me poupar o horror e a vergonha que as firmas respeitáveis me provocavam — tinha a vantagem da remuneração total, nas poucas vezes (eu não vivi nenhuma) em que havia dinheiro em caixa.

A única pessoa capaz de me tirar daquele caos de indiferença, obstinação e... pobreza foi o Vicente: nunca tinha planejado nada, inventou tudo. Com a mesma alegria com que fugíamos numa madrugada em direção a Soria, saindo de um banheiro público para nos refrescar na solidão de uma estalagem do ardor de uma órfã, partimos para Paris. O pretexto foi o de menos. Meses depois, vendo-o caminhar à noite, desmemoriado e perplexo sob a chuva e as luzes caóticas e azuladas do Reeper, cheguei ao entendimento de que então, como sempre, tínhamos sido empurrados por uma necessidade urgente de paixão. No dia em que, numa estação do absurdo mais imemorável do que o seu próprio nome e mais reduzida na lembrança do que a sua sala de espera despida, compreendemos que era inútil continuar procurando-a, decidimos voltar para casa.

Para aquelas pessoas que o têm (e ainda devem ser muitas) deve amanhecer um dia — réplica daquele em que a insatisfação o impulsionou a conhecer o mundo — no qual o passado familiar manda: mandam as pedras de um ontem severamente construído, as sombras e os cantos do rincão que pacificou a furiosa meninice, as árvores e as sebes que desapareceram para sempre e a gruta marginal dos lanches ensolarados onde terminaram, um dia, as histórias ingênuas para se engendrar, confuso, o primeiro desejo de mistério; as caixas delicadas, os quartos proibidos (com cheiro de verniz), as rendas amareladas sobre o piano que (as teclas mais amareladas do que se fumassem todo dia dois pacotes de cigarros sem filtro) tinha materializado a aura fugitiva de Chopin em todas as agitadas mudanças da família, as torturadas e rabiscadas páginas dos contos infantis com orelhas nos cantos e nas quais repousa o significado das palavras..., sem dúvida amanhece um dia em que (os nomes que a morte tornou sonoros repetindo-se entre as árvores, os ramos úmidos e as tardes douradas) o passado emerge num momento de incerteza para exorcizar o tempo maligno e sórdido e trazer de volta a serenidade, ridicularizando e desordenando a frágil e estéril, quimérica e insatisfeita condição de um presente torturado e andarilho, eternamente absorto no vôo de uma mosca ao redor de uma tulipa verde.

Ela era (e me lembro com horror) de origem levantina. De todas as pessoas que durante todo aquele tempo, por uma ou outra razão, a seguíamos por todos os lugares, acho que eu era o único que percebia a gravidade da situação. Pouco a pouco fui me convencendo de que tudo aquilo que nos acontece na vida acima dos trinta anos tem somente caráter honorífico; tudo aquilo que se deixou de fazer antes dos trinta resolve-se a seguir num clima tal de prudência e sabedoria que, a duras penas, a vontade se turva. Mas quando se consegue alcançar esse limite primeiro e mais razoável da prudência, quando se educou a vontade para resolver cuidadosamente as perdas do dia anterior, quando em cada momento se mantém a vontade apta para gozar de humor e gosto perduráveis, a ânsia de aventura do homem prudente passa então por aquele momento único em que pode ser felizmente fecundado pelo ferrão de uma levantina. O primeiro feitiço tem uma sintomatologia clara: eu o via, examinando a bebida com prudência na casa de Vera, deitado num sofá com as pernas por cima do braço, fazendo girar devagar um copo alto que recolhia os reflexos de um lustre holandês: um primeiro desprezo pelo passado seguido pela imediata aspiração à seriedade; um não-sei-quê, uma mistura de transcendência, estupefação, predestinação e submissão moldando no rosto do eleito uma máscara de seriedade. "Depois — eu pensava — será o laconismo, toda a combustão interna dedicada à produção de ternura e intimidade em detrimento das virtudes sociais, a liberdade civil."

Quando chegamos a Paris, meses depois, a última coisa em que eu pensava era naquela jovem — com uma mistura considerável de turbulência meridional e alpina — em torno da qual tínhamos prolongado as noitadas do verão.

— E como você está de dinheiro? — perguntou-me subitamente, girando distraidamente o peso de papéis, uma amostra de mármore falso.

— Oh..., oh..., oh, que pergunta! — comecei a passear pelo escritório, movimentando os braços com gestos generosos e compreensivos. — Que pergunta!

— Agora deve estar ganhando muito.

— Um absurdo Um verdadeiro absurdo. Algumas vezes chego a pensar se não será imoral ganhar tal quantia.

— Quanto ganha?

— Sei lá. Não dá para saber. Compreenda: não é uma coisa fixa, muito pelo contrário. O dinheiro entra pingado...

— Quanto você tem?

— Uma fortuna, creia. Uma verdadeira fortuna, considerando a minha juventude; na verdade, comecei recentemente.

— Quanto?

— Não insista, Vicente, não sei; teria que ligar para o banco, verificar os livros, ver a cotação. Enfim, não sei. Se é isso que o preocupa, direi que ainda não tenho tanto quanto você. Mas daqui a poucos anos..., não sei.

— Você vai comigo para Paris?

— Paris? Por quê? Para quê?

— Para deixar isso.

— O quê?

— Esses papéis, essa mesa, essa máquina, esse homem que está no escritório ao lado com o chapéu na cabeça. Deixar tudo isso.

— Não posso.

— Não me diga que o trabalho o impede.

— O trabalho é o de menos. O dinheiro...

— Tem a vida toda para continuar aumentando a sua fortuna. Você não viu nada até agora. Depois, cada dia vai ficar mais difícil à medida que você for se fazendo um homem de bem. Três meses, nada mais, e voltará novo, Juan.

— Três meses? E você acha que eu posso ficar andando sem rumo por três meses só gastando dinheiro?

— De quanto pode dispor para a viagem?

Virei o rosto para a parede para contar. Em seguida, aproximando-me da janela e olhando para as chaminés da casa em frente, fui obrigado a confessar:

— Umas mil e setecentas pesetas.

— Isto é tudo o que você tem?

— É tudo.

— Você é um desastre.

— Também poderia contar com o acerto deste mês. Mas não acho que vão me pagar. Tinha mais, mas mandei fazer um terno.

— É um coitado, um verdadeiro desastre. Com você não dá para fazer nada. Adeus.

— Vicente, seja razoável. Tive que mandar fazer um terno que me custou duas mil pesetas. No mês que vem...

— Adeus.

— Espere, homem; seja razoável.

Não conseguia; sua família tinha uma fortuna tão séria quanto reservada; gente tranqüila e serena, possuidora de bens de raiz e proprietários de meia província, possuidores de um poder tão tradicionalmente admitido que nunca se preocuparam em manifestá-lo. Não eram industriais, nem comerciantes, nem negociantes, nem demonstravam outra atividade além do exercício e do desfrute de certo civismo objetivo; eram simplesmente ricos, pessoas tão estabelecidas e imutáveis que nem sequer a guerra civil — passando como um furacão pelos confins de suas propriedades — foi o bastante para alterá-las; que nas manhãs de sol passavam pelo Retiro para pegar seus filhos na hora do almoço. Era gente que falava "refeição". Tinham também um carro, um velho Lanchester preto e envernizado, sóbrio como se carregasse relíquias de santo; um chofer, Miguel, tão prudente e abotoado que ainda seria capaz de excitar os instintos dos velhos terroristas.

O pai do Vicente era juiz; sua mãe, "mulher mais virtuosa e discreta só se encontrou em epitáfio";[1] Vicente tinha também uma irmã, um tanto apagada pela devoção, que facilmente teria multiplicado seus interesses se a tivessem permitido se esquecer por alguns momentos do lugar que ocupava na sociedade. Além de não falar, havia alguma coisa definitivamente inconcluída naquela mulher: uma falta de calor nos traços, uma aparente frustração, e que em nenhum momento conseguia convencer, como uma atriz de filmes medievais. Algumas vezes, nos meus primeiros anos de escola, Vicente me obrigou a almoçar com eles; depois, com muita discrição e levados pela opinião unânime da família, não conseguimos nos livrar de acompanhar a irmã silenciosa e não-persuasiva às festas das amigas antiquadas; festas convencionais, nas quais prodigalizavam o vinho doce e os sanduíches de queijo pelos salões acanhados, utilizados de forma periódica como rampas de lançamento de toda a inocência filistina da nossa juventude. Dificilmente eu poderia imaginar naquela época que chegaria um dia em que aquela imagem familiar, tão aprumada, começaria a vacilar como o filme que sai do carretel e gira na velocidade errada, as figuras não deslocadas, mas tremidas, o próprio juiz transformando-se num borrão instantaneamente

---

[1]Frase supostamente de Alfred Tennyson, poeta inglês.

vacilante. Quando o assim chamado inconformismo do Vicente, propagando-se a partir dos salões acanhados, começou a adquirir importância, o velho magistrado não soube ou não conseguiu adotar outra atitude senão a do cabeça, limitado, obtuso e tão estupefato quanto ignorante, tão incapaz de compreender a trajetória do filho como um touro a de uma borboleta.

Mas o certo é que um belo dia fomos para Paris. Não sei se não partimos mesmo da casa de Vera, saindo numa madrugada aos tropeções. Não sei por que em todas as casas onde se davam festas tinha um bar que se iluminava ao ser aberto, multiplicando enganosamente nos seus espelhos certo número de garrafas intactas, que sempre se consideravam excluídas do consumo das festas. Quantas vezes, tendo que acompanhar a irmã, eu e o Vicente ficávamos enfiados nos sofás de couro que aquela gente — não sei por quê — costuma ter perto do bar. Ali ficava também um velho advogado, homem falador e com certa tendência à truculência que, no meu entender, devia ter sido manifestamente apaixonado por ela antes da guerra; um crítico que a acompanhava, apoiava e aprovava nas suas campanhas e várias pessoas, de passagem entre a Europa e a América, que ela tinha conhecido no estrangeiro e que, obedecendo ao frio entusiasmo da cultura, costumavam visitá-la. Ela foi a primeira que me disse que não me preocupasse com dinheiro, franqueando-me uma remessa que o próprio Vicente se dispôs a adiantar. Parece-me, qualquer que fosse a farsa, que o dinheiro saiu todo dele, limitando-se ela (e o advogado) a persuadi-lo e me avalizar.

O certo é que, se naquela mesma madrugada, ao sair da casa dela e tomar um táxi escangalhado, não fomos para Paris foi porque, infelizmente, há um tempo fluido que enlaça e separa todos os acontecimentos. Ninguém sabe o que acontece nesse tempo: não se pode recordá-lo nem se pode prevê-lo. Eu passei daquela noitada na casa de Vera para um quarto sórdido de um hotel miserável perto da estação de Vanves. Jogado na cama, mal podia reconhecer a relação — de tempo ou do que quer que fosse — que as prateleiras do meu quarto, cheias de latas vazias, pincéis secos, borrachas podres e uma ou outra bomba de bicicleta, podiam ter com as conversas que tínhamos ouvido na casa de Vera, com toda a travessia pela Europa envolto num pijama ridículo, os discursos em inglês e, o que parecia mais grave, aquela cabeleira castanha que parecia ter começado a girar na casa de Vera para, como nos filmes de Sissi, sair pela porta de vidro para a galeria, atravessar girando o jardim e percorrer meia Europa enfeitiçando um punhado de mendigos. Esse tempo, eu acho, não existe, nem sequer é uma impostura, nem sequer o líquido neutro onde se dissolve o ácido amoroso, a viagem à Europa, para rebaixar sua potência; não é nada. Nada.

Mas estávamos no momento em que decidimos sair. Fazíamos todos os esforços imagináveis para acender a lareira de Vera; conseguimos apenas (mal e mal) acender umas lascas e infestar o cômodo com uma fumaça azeda quando, com o vôo de umas cinzas de papel, cortando a narração, o tempo falso se expande e nos leva ao apartamento de Paris. Não encontrei nada diferente a não ser a bolinha de cinza no bigode murcho, a poltrona do advogado vazia e o vazio às nossas costas, muito mais incômodo, daquele sem-número de apaixonados que, sem prestar atenção à narração, deixaram a casa. Ela era divorciada — de um nobre italiano, acho que me disse —, "atrozmente atingida pelo Destino". Mas quando voltei a entrar com um urinol em cada mão (e por isso me lembro de que voltava a ser de noite, depois de novo ardil de um tempo mais volúvel e grosseiro que um transformista), estava com a cabeça jogada para trás, os olhos fechados e a boca ligeiramente entreaberta num gesto de degustar todo o sofrimento que era capaz de suportar. Tinha lido o jornal — que me estendeu até o outro lado do sofá — e tinha compreendido que podia dar *tudo* por acabado. Ainda me lembro como o seu olhar, ao cair sobre uma página interna, subiu ao teto e ficou ali cravado durante o resto da noite, com a boca entreaberta, como se houvesse lido o anúncio da sua iminente execução.

Sim, ali estávamos os três no sofá prolongando uma conversa na qual Vera se negava a entrar. Ali está ele, um pouco apertado no centro, com os olhos saltados e o cabelo prematuramente branco coroando paradoxalmente uma cabeça mestiça, evocando as desventuras do pai, um homem de verdade. Ele vive retirado, alheio à política, tentando tocar com seu trabalho uma pequena fazenda onde criar uma família e uma nova paz. Mas quando os realistas queimam o estábulo e levam todo o gado, o pai cai na marginalidade, quando a mãe (de estatura muito baixa e muito hábil com a roca de linho) ainda arrasta a segunda gravidez. Volta ao cabo de uma semana puxando pela rédea três cavalos realistas com arreios e arnês. Portanto é um dia em que compreende que melhor que enfiar o arado numa terra sedenta e maligna, melhor para a fazenda e para a consciência moral — sem esquecer uma infância européia estritamente religiosa — é, de vez em quando, matar um realista de passagem. E no outro dia precisa da colaboração do filho e de um indígena vizinho para ampliar um estábulo onde cobrir trinta montarias, todas com selas azuis.

— Um homem de verdade.

— Desses que não existem mais. Eram terríveis. Precisava vê-los no seu meio (nas circunstâncias que realçam as peculiaridades), de camiseta e com os suspensórios pendendo dos ombros; as cabeças leoninas com gesto altivo vigiando o horizonte. E eram terríveis. Mas eles não sabiam.

— O meu pai não era assim.

— Como era o seu pai?

— Ah, não sei! Mas certamente não era assim. Quem devia ser assim era um tio meu, chamado Ricardo, por parte da minha tia. Morreu de diarréia. O coitado devia andar de camiseta o dia inteiro. Aquela geração era assim.

— O meu pai era diferente.

— O meu tio também tinha muito peito, bigode borgonhês e era um pouco legionário. É impossível saber a quantidade de mouros que aquele homem deve ter matado.

— O meu pai não matou nenhum mouro. Não é grande coisa matar mouros. O destino do meu pai — e falava com veneração — a partir daquele momento não podia ter sido mais infeliz: uma série interminável de golpes da sorte que haveriam de conduzi-lo à mais negra decadência.

Eu não sabia se a casa de Vera tinha viàjado conosco. Ali estávamos os três, ou os quatro, sentados no sofá em frente a uma gravura decorativa, satisfeitos com o fato de que, pelo menos, uma frutífera conversa nos permitisse permanecer a distância daquele complicado adultério. Depois soube que tampouco era a casa deles, mas do industrial mexicano (ou o que quer que fosse) que a tinha amado durante os cinco dias de travessia. O outro era um marido ineficaz, de origem italiana, aperolado, magro e maduro que sabia manter suas maneiras e sua aparente ignorância da situação sentado numa cadeira alta enquanto nós, à medida que a noite se aprofundava, nos íamos afundando no sofá, seguindo a galopada daquele pai único. Eu me lembro de que, algumas noites, me tiraram dali e me levaram para o hotel onde deveria me hospedar. Neste momento, repito, as coisas se misturam sombriamente, não sei se com o único objetivo de tornar mais evidente a nossa própria vergonha: misturam-se o marido, vestido com afetação de príncipe de gales cinza e gravatas com variações de rubi combinando, meias três-quartos e lenços, segurando o copo com indiferença, e a senhora Mermillon, examinando livros de contabilidade na escrivaninha da recepção, e o senhor Charles, que conheci numa padaria. Era um hotel do distrito 14 que o Vicente já conhecia de outras vezes. Era um hotel ruim, mas agradável; o portão se abria à noite fazendo um barulho de arroto, e uma janelinha que ligava o quarto dos proprietários ao primeiro patamar da escada lhes permitia observar a entrada dos clientes sem abandonar seu leito legítimo. Aquela visão tão fugaz da legitimidade era, além de um chamado à consciência — embora o Vicente parasse muito pouco no hotel —, um estímulo à aventura. Ao que parece, o nosso hotel era o único de todo o distrito que colocava certas dificuldades à introdução de certas visitas a certas horas. Nossa administração — disse-me o senhor Charles comendo sua baguete e olhando para as janelas em frente com pesar — consistia naquele casal encarapitado no seu leito-observatório, que sem ter chegado aos quarenta tinha passado à gerência do estabelecimento pelo falecimento consecutivo dos pais dela. E um jovem de óculos — intelectual "voluntariamente pervertido", como ele mesmo dizia — que vendia ou tentava vender livros velhos e objetos de artesanato de papel machê num pequeno quiosque na calçada em frente, acrescentava que se tratava de "gente de princípios, pode acreditar. Ela foi uma das garotas mais cobiçadas do 14, com pequena fortuna e avós veteranos da Comuna. Agora lê muito; ele é um animal, um malnascido, você já deve ter percebido". Embora não tão radicalmente, eu tinha percebido alguma coisa; apesar de sempre chegar tarde e caindo de sono, nunca deixava de dar uma olhada; infeliz ou felizmente, o lado dela era o que dava para a janelinha e posso assegurar que não lia qualquer coisa, não; lia sempre livros encadernados que, à distância, bem podiam ser enciclopédias; tinha uma cabeleira negra meridional, que soltava para dormir, e, fosse porque minha chamada tardia despertava nela ânsias inexplicáveis ou porque o tomo apoiado na boca do estômago deslocava o volume do peito para cima das páginas eruditas, o certo é que este emergia com tal ímpeto que só podia fazer muito mal ao viajante solitário. Em algumas noites, embora eu não consiga nem sequer me lembrar delas e até acho que falo de referências, parece-me que tentei o diálogo do patamar; a outra lâmpada logo acendia.

Não sei muito bem o que aconteceu naquela primeira semana. Como tinha muito sono atrasado e como as noitadas fora de casa e os fins de semana no campo no círculo do americano começaram a escassear, deixei de freqüentar a casa dela. Numa das últimas noites, tive a sensação de que se havia feito uma confusão de mulheres. A pessoas como o Vicente ocorre com freqüência confundir-se de mulher em algumas noites de chuva, quando a visibilidade é difícil com o gotejar interminável de barbárie educada e o brilho das costas nuas perto dos abajures baixos de luz poeirenta. Eu acredito que era a primeira vez que ela, mistura de três raças (uma das quais levantina) e com um casamento nas costas, sentava-se conosco para dissimular o cansaço na nossa série ridícula de propósitos sobre a sociedade do futuro...

"... de noite saíamos para roubar cavalos. Eu não tinha então mais que 16 anos. Meu pai, Joel, o mulato e eu. Meu pai e o mulato os seguiam durante o dia, porque eram eles que negociavam com os americanos e meu pai dizia que aquilo era devolver à nossa terra que os políticos estavam roubando. Saíamos ao pôr-do-sol, sempre para o Norte, até a divisa de Nuevo León, e descansávamos no dia seguinte em qualquer lugar do rio Salgado.

Na noite seguinte soltávamos os cachorros e nos despojávamos de todas as roupas. É difícil agüentar o vento que corre por aquelas terras. Meu pai dizia que às vezes chegavam às ruas de Monterrey, levados por todas as planícies, os jornais americanos com só um dia de atraso. E se havia alguma coisa de que meu pai e o mulato entendiam era de vento. Quando batia de frente sabiam onde estavam os cavalos a mais de 15 quilômetros de distância, e sabiam também para que lado tinham virado o focinho. Era preciso enterrar a roupa bem fundo, porque a roupa de cavalo é o que mais fede no mundo. Era preciso se enfiar logo no rio, e nos esfregávamos com barro até ficar cheirando a minhoca. Então o meu pai nos dava um copo de aguardente, dizia umas orações, nos benzia a todos menos ao Joel e saíamos trotando a pêlo. O Joel era inseminador e, como o meu pai, conhecia o efeito do vento nos cavalos, sabia onde deixar as éguas e sabia o momento, sem necessidade de nenhum assobio, em que se devia arreá-las e voltar para o rio. O Joel era bonito e bom moço, como meu pai, e o único que podia com ele. Untava o cabelo com graxa e reluzia como um negro, mais de uma noite, correndo entre as cercas, o tomaram por um sátiro, trancando as portas dos quartos e descuidando das cavalariças. Eu imagino que também tinha sido rival do meu pai em alguma aventura noturna e por isso meu pai o tinha feito inseminador e dizia que não se importava que algum dia um coice lhe arrancasse metade da cara, porque era um exibido. Assim, enquanto meu pai agüentava as éguas e nós abríamos as cavalariças, Joel fazia com que os animais liberassem seus instintos naturais antes de seguir a mão delinqüente de um quatreiro endomingado."

Eu me lembro muito bem do penteado dela, aquela derradeira e mais perfeita floração que, junto com uma aura de gripe permanente, acentuava mais os sintomas da decepção: era um cabelo castanho-escuro e muito opaco, sem nenhum brilho além da voluta final por debaixo da orelha; um cabelo escuro, denso, mais inquietante e tenebroso do que um lago de montanha, do qual eu, distraidamente, tentava me aproximar enquanto ressoavam as galopadas noturnas, os latidos dos cães, o cruzamento do rio Salgado pelos cavaleiros nus e a volta ao lar na madrugada a tempo para tomar o café-da-manhã, pedaços de pão fritos no calor do estábulo. Não sei quanto tempo passei me aproximando daquele cabelo, não mais naquele sofá do que na cama do hotel, olhando sem memorizar as latas de tinta e deixando as horas se consumirem numa velha bomba de bicicleta; nas cabines de terceira, fazendo confidências a um viajante sentimental, que pelo menos sabia me consolar no mais puro estilo parlamentar, e olhando para os papéis pintados e para os pássaros japoneses decapitados pelas rachaduras por onde aparecia o reboco, e muito perto do despertar, anos depois, quando o seu rosto, a golpes de virtude e avareza, ia afilando para atravessar o corredor em sombras — pode-se dizer — sem necessidade de andar nas pontas dos pés, como ia explicar ao espectro da minha tia que em grande parte se devia ao cheiro particular de um cabelo sem brilho que tinha vislumbrado meses atrás?

"O que está fazendo ainda aí? Por que não se levanta, estropício?" Acho que me lembro de que numa das últimas vezes obriguei o senhor Charles a me acompanhar. Depois lhe faltou tempo para me jogar isso na cara porque, chegou a me confessar, ficou doente. Ele a rodeara no canto do sofá e, a cada nova cavalgada, nos beliscávamos às suas costas, tentando chegar ao cabelo...

"... e, entre seguir os rastros e organizar a caçada, o certo é que tanto meu pai quanto o mulato passaram dois anos entrando em casa apenas para o café-da-manhã triunfal entre as cabeças capturadas... Mas, ai!, um dia a minha mãe, coitada, começou a ter medo; um dia (permitam-me dizer que o medo, senhores, traz a danação; podemos servir outras doses) em que chegamos em casa com seis cabeças e duas mulas, uma manhã que podia ser de setembro; encontramos a casa vazia, a horta destruída, os estábulos desertos, o quarto da minha mãe..., os lençóis ainda quentes em farrapos pelo chão, as roupas caindo das gavetas abertas... Meu pai compreendeu em seguida; ele mesmo serviu o café, juntou tudo o que considerava de valor em quatro alforjes, e naquela manhã, arrastando as montarias, saímos para procurá-la em direção ao Oeste. Vocês não fazem idéia do que foi aquilo. Ficamos quase um ano percorrendo as planícies; atravessamos o estado de Coahuila de ponta a ponta, para entrar em Durango, onde meu pai não era conhecido. Meu pai conservava os lençóis e alguma roupa carmesim que carregava em cima da sela e que, de vez em quando, enquanto olhava para as montanhas, levava às narinas para reavivar nelas o cheiro da minha mãe desaparecida. Passávamos a noite nos vaus, e enquanto o Joel e eu dormíamos, meu pai e o mulato, cada um com uma roupa ou uma anágua, subiam aos altos e farejavam o vento e auscultavam a terra, porque, como meu pai dizia, a minha mãe não era mulher que conseguisse ficar quieta em nenhuma parte. Quando chegávamos à fazenda, fazíamos a mesma coisa com os cavalos: espiávamos durante o dia e, ao cair a noite, meu pai e o Joel se despojavam das roupas e a assaltavam nus enquanto o mulato e eu cobríamos a entrada..."

A duras penas conseguíamos encontrar o hotel numa hora em que eu e o senhor Charles só sabíamos resolver com confidências desconexas, ou com a leitura de Dumas, que mais de uma vez tentamos, em tom declamatório no patamar da escada e em frente à janelinha da proprietária. Porque ela, isso sim, era robusta, gaulesa até a medula, e... jansenista, teria dito se em vez do senhor Charles tivesse me acompanhado o próprio Verlaine, cheio de vinho até as sobrancelhas. Para ficar mais francesa, punha-se a fazer faxina pela manhã com um aspirador de pó, vestida com um pulôver preto justo e aberto no decote e enfeitada com a tradicional fita de seda preta da qual pendia a pequena cruz de ouro. Tínhamos ensaiado com ela quase todos os estados da alma; o desmaio noturno e a reprimida paixão depois do último apelo mundano a uma razão inexistente nos cafés e vitrines de madrugada; eu tinha chegado ao ponto da inveja taciturna (debaixo do dominó cinza de mouro) que me impelia a parar no último degrau, a mão no trinco polido, sem querer olhar mas tentando distraí-la com a minha absorta presença contemplando o meu interior desordenado. Nada deu resultado; era uma mulher de princípios, com uma consciência muito clara do domínio de si mesma e responsabilidade social adquirida por uma herança burguesa e confirmada por meio de leitura organizada. Todos aqueles que antes de chegar aos trinta anos nos atrevemos a nos aproximar da fronteira de onde se vislumbra a aventura — sem nos decidir a cruzá-la — topamos com aquela mulher: robusta e branca, não muito alta, moderada de carnes, morena e um pouco olivácea e em cujas mãos — para maior escárnio — não estava tampouco colocada a fidelidade do matrimônio, injustamente fretado por um marido teimoso e obtuso, incapaz de resistir ao primeiro tranco. Nas poucas vezes em que entrava comigo, o Vicente nem sequer olhava para ela. "Perfeito idiota — eu lhe tinha dito —, que vontade terá, que mosca da Espanha o terá picado para andar por esses mundos procurando mentiras esquálidas quando o próprio Platão dorme na sua casa." Quando as coisas — não sei por que razão — começaram a se complicar, procurando no ar um pretexto, tivemos que organizar uma pequena festa, coincidindo com uma certa data do verão: não sei se 14 de julho, 10 de agosto ou a da Virgem do Pilar. Atrevo-me a acreditar que, por tê-la organizado, tratava-se da festa da Hispanidade.

Tinha passado quase todo o tempo dormindo. Tinha tanto sono atrasado que desde o momento em que pisei em Paris pela primeira vez decidira recuperá-lo para aproveitar os dias seguintes com mais calma. Embora o resultado não pudesse ter sido mais triste, estava, de qualquer modo, decidido a não me deixar levar pelo frenesi de viajante e esbanjar os meus melhores dias num monte de cartões-postais. Até então eu tivera confiança no Vicente; o resultado não pôde ser mais anacrônico. O livro de Dumas caiu nas minhas mãos e por quatro dias eu não saí do hotel a não ser para acompanhar o senhor Charles para comprar pão e vinho argelino e recitar os nossos versos no patamar da escada. Tinha um quarto no primeiro andar que dava para a rua; teto muito alto, com uma desconjuntada ante-sala sustentada por duas colunas de fundição, decorada com gastos papéis de parede pintados e toda provida de estantes onde ficavam velhos potes de tinta, pneus de bicicleta e garrafas vazias; havia também, atrás de cortinas em farrapos, uma poltrona *recamier* afundada, onde o bom homem se acomodava para beber vinho e ler para mim, do outro lado da cortina, alguns capítulos do mago antes de dormir. Como fosse que tivesse começado nossa boa amizade, o certo é que aos quatro dias de convivência nos tratávamos não só de você mas também de senhor. Era um homem folgazão e pidão, porém educado.

— Bom — disse-lhe no quarto dia —, acho que já é hora de conhecer Paris.

— Neste caso, senhor, tenha a bondade de me desculpar.

— Era só o que faltava. Espero que não se sinta obrigado a me acompanhar. Não acredito, por outro lado, que isso o interesse absolutamente.

— Com efeito. Interesse, nenhum. Pesar, muito. Mas você pode ir tranqüilo. Sem dúvida, veio para isso, e que eu pensasse outra coisa foi, é justo reconhecer, um lamentável equívoco. Na minha idade, senhor, ainda há muito que aprender. Por outro lado, da mesma forma que é meu dever reconhecer (e não tenha dúvida da educação recebida a respeito) os cuidados do senhor, acredito que não seria apropriado levar o agradecimento a esse extremo exagerado que tanto você como eu, não duvido em afirmar, rejeitamos.

— Você me tranqüiliza. E devo confessar, da minha parte, que estou perto de lamentar a minha decisão.

— Não, não faça isso. Será melhor para os dois. Um último gole, é tudo. Adeus.

— Eu lamento, acredite. Lamento de verdade.

— Entendo, entendo — foi embora; tinha fechado a porta com tanta delicadeza (o último e traiçoeiro clique do trinco vencido pelo pesar para disfarçar os soluços) que me senti envergonhado e não consegui sair por mais alguns dias ainda.

Numa noite, num momento de percepção entre dois sonos profundos, compreendi que tínhamos nos equivocado e que quem devia ter saído era eu. Mas era tarde para consertar isso. Por sorte, voltei a vê-lo uns dias depois, a cabeça aparecendo com picardia entre as cortinas puídas para espiar o meu sono: às seis da tarde, quando o sono se prolonga numa contínua e agridoce sucessão de recriminações sobre o uso do tempo; às sete, vencido pelo peso da fatalidade vespertina, quando a vontade se resigna a não servir a outra senhora além da cama; às nove e meia, quando o último e definitivo crepitar das brasas de uma atividade agonizante, confundindo-se com o piscar dos letreiros luminosos, é capaz de despertar o sono dos cruzados cansados diante de Jericó; a todas as horas entrou, bochechas inchadas, o olhar zombeteiro, um contido sorriso de candura para tentar superar a falta de intimidade. Vai saber quanta gente aquele quarto podia alojar em pouco tempo. Sobretudo a partir do momento em que, por uma razão que desconheço, paramos de ir ao apartamento do mexicano. Eu tinha contado ao senhor Charles sobre o uísque e o cabelo, e oportunamente quis conhecê-los. Mas, quanto mais perto estávamos dele, quando, sentindo tão próximo à nossa volta o zunido das noites nas planícies, carregadas de vingança, desejos e homens nus, tratávamos de nos lançar para sempre naquele terrível e estupefaciente redemoinho de cor comum junto à orelha pequena.

"Estamos no momento em que o meu pai e o Joel, nus e armados com pistolas, irrompem audaciosamente no dormitório principal da fazenda. Imaginem, senhores..." tentando chegar àquela mecha em forma de corno nascendo na têmpora e, depois de rodear a orelha, acabando num ponto que quase tocava o lóbulo com um ponto brilhante, silencioso e sereno, onde queria convergir toda a dramática sucessão de alucinantes tardes galopando desde a adolescência até a cabine acarpetada, e o despertar de mil manhãs famintas, preconizando no compasso dos passos da tia enfeitiçada pelo corredor o horror e o desprezo de uma idade miserável, todo o apetite insatisfeito de uma juventude premonitória tentando acalmar sua inextinguível acidez com a pequena pílula cor-de-cera e um ponto de brilho como único adorno.

"... mais que o medo, a surpresa. Quando na claridade que entra pelo mosquiteiro vêem o homem terrível se aproximar, imagino que ela se esconde debaixo dos lençóis. E que o homem (e imagino também que na maioria dos casos devia se tratar de casais muito díspares na idade) tenta por um momento pedir socorro, mas é logo reduzido à sua condição mais vergonhosa com um cano encostado na testa. E, enquanto Joel aponta e vigia, meu pai acende um candeeiro, aproxima-se da cabeceira, levanta os lençóis e diz: 'Saia daí, perdida.' Mas, quando se dá conta do seu engano, ele a joga de novo na cama, com um gesto de desprezo. Furioso, perplexo, percorre o quarto rugindo como um possuído, abre os armários, joga os vestidos para o alto até que, tentando encontrar a explicação, encontra uma anágua, a qual fareja furtivamente. 'Vocês mulheres são todas...', diz, afligido pela dor. E, pondo sua manopla sobre o ombro do velho marido, aconselha-o que a deixe e abandona, decepcionado, a casa para unir-se a nós e continuar cavalgando a noite toda. Ao cabo de alguns meses, a loucura crescente do meu pai o leva às proximidades de Torreón. Numa noite, acontece uma coisa estranha. Talvez seja o desespero, a desilusão definitiva ou somente o cansaço, o desejo de experimentar uma cama depois de dois anos dormindo no chão. O marido e Joel esperam à porta e, quando na manhã seguinte a porta se abre, meu pai já não é o homem incorruptível e temido, mas o Adão envergonhado, escondendo-se da voz nas alturas. Quando o Joel tenta entrar, ele retrocede:

"— Imbecil, traga-me as calças. Não está vendo que estou pelado?

"E lá atrás, emoldurado com uma cabeleira solta, um rosto pequeno e temeroso, porém agradecido. Saímos dali; à frente vai o meu pai, em silêncio; por último vai o Joel, também em silêncio. Ao fim de um mês, com aspecto cada vez mais taciturno, tinham assaltado mais de 12 granjas sem nenhum resultado positivo. Ao longo daqueles anos, a fama do meu pai foi se estendendo por todo o estado de Durango, e a alegria, em parte, voltou a renascer. Já não era necessário fazer guarda nem cobrir a saída. O meu pai e o Joel se despiam nas cavalariças e entravam na casa batendo na porta principal. Metiam o mulato e eu na cozinha e nos davam sopa quente. Em seguida, quando o concerto no andar de cima ficava mais forte, o mulato também subia e eu ficava sozinho; às vezes o velho fazendeiro vinha me fazer companhia; sentava-se ao meu lado, olhando para o teto, e acariciando a minha cabeça repetia a noite toda: 'Deus meu, Deus meu.'

Depois de um tempo, até o rosto do meu pai mudou. Logo se fez velho, felizmente não se fez cínico, porque a sua natureza era muito nobre, porque teve sempre por bem dilapidar a sua fortuna sem olhar o seu proveito. Logo começou a sentir falta do risco e da aventura, o assombro nos dormitórios em penumbra quando entrava incontrolável com o corpo azeitado. Fugimos para outras terras, para o Sul, onde não era conhecido. Percorremos de novo o país; entramos até nos lupanares da capital; voltamos para o Norte, para Nuevo León. Um dia — o meu pai tinha levado tão longe a sua missão —, um dia... entramos no nosso velho lar. Tudo estava intacto: na cozinha, junto ao estábulo, ardia o fogo e fritavam *migas*..." surgia, depois de um pequeno giro insolente, o nariz reto (como a costa calabresa na neblina matinal) e um olho cor de água-marinha que olhava por um instante com tamanha indiferença que todo o Sinai desmoronava em cima de mim e, ainda por cima, dos escombros emergia a minha tia Joana, apoiada na sua futura bengala de anciã.

Na verdade, não estou certo de que se tratasse de uma festa. O certo é que, em algumas tardes — e repito que as noites na casa do americano pertenciam ao passado, um passado no qual se haviam dissipado, sem que ninguém soubesse como, aquela cabeleira meridional e toda a corte de maridos corretos, mas fatalizados, e decotes abertos — um grupo de gente, em geral vestida de preto, encabeçado pelo próprio Vicente, irrompia no nosso quarto para interromper a leitura. Lembro-me daquela noite em que tive que procurar café e louça a todo custo. A senhora Mermillon sugeriu que o Chez Lucas, na mesma calçada, um pouco mais abaixo, talvez pudesse nos fornecer. O senhor Mermillon opôs uma série de dificuldades, sua amizade com Lucas e "a correta condição de todos os seus clientes que, de qualquer maneira, era preciso considerar", talvez para evitar os comentários de uma rua em que toda janela acobertava e escondia um invejoso. O senhor Charles, discretamente apoiado na soleira e segurando de lado o velho chapéu manchado de gordura, com eloqüência tranqüila, discreta e comedidamente apaixonada, que podia muito bem ficar registrada nos anais das terças-feiras literárias (o próprio Boileau, com o nariz como uma tâmara e juba de abacaxi tropical, e toda sua cara com aquele civil, libertino e fruteiro inchaço acadêmico, emoldurado num ovalóide dourado de funeral, contemplava-o satisfeito), soube convencer a senhora Mermillon a adquirir, em nosso nome e por nossa conta, meia dúzia de xícaras de café de porcelana preta, que a senhora Durand, sua amiga, houve por bem vender-lhe a um preço exagerado, "se consideramos exclusivamente seu valor real"..., "embora permita-me dizer que não tenho por que admitir outra avaliação senão a real..."

"Não vale a pena entrar em detalhes. Aí estão as xícaras. É o que você queria. E não nos esqueçamos do gesto da senhora Mermillon, e não aquele que agora se deu para chamar de ato gratuito", disse com arrogância, rindo para si mesmo. Estava embriagado com a sua vitória; caminhava pela rua Losserand à minha frente e com passo vivo, o queixo levantado e parando a cada 20 passos para sacudir a poeira dos joelhos, com um gesto de gladiador. Depois que compramos o café moído Chez Lucas, foi contar tudo para o artista, que nos recebeu sem nenhum entusiasmo:

— Tudo isso é bobagem. A senhora Mermillon tem os pés bem assentados no chão. Eu a conheço desde criança. Acredite, pura bobagem.

— Quem é o homem que espia pela janela?

— Não sei. É que você, como sempre, se deixa levar pelo entusiasmo. Embora o seu aspecto desminta, tem alma infantil.

— Certamente, confesso, eu também. E o que poderia ser melhor, me pergunto...

— Mas ela deu a entender alguma coisa...?

— Nada, absolutamente. Mas ele se acha no direito de adivinhar seus sentimentos.

— Nada disso. Experiência, psicologia. Ou eu estou muito mal de conhecimentos da natureza para supor nela uma ausência total de paixões ou...

— Mesmo as mais comuns? Outro dia você disse que ainda guardava uma garrafa para uma ocasião como esta.

— Que grande verdade! Mas quem é o homem da janela?

— Voltemos à realidade, cavalheiros. Em primeiro lugar, é necessário tirá-lo de lá.

— De um hotel? Você me espanta; não compreendo a necessidade de acrescentar novas dificuldades.

— E pretende assaltá-la na sua própria fortaleza? Não vê que a isso se opõe o seu descrédito?

— Descrédito? Nada de descrédito. Vejo que não me conhece. Eu penso mais alto, cavalheiro, muito mais alto, imensamente mais. Você ficaria espantado, não há dúvida, ao conhecer o tamanho das minhas ambições.

— Vocês não sabem quem é o homem que aparece pela janela?

— Não quis incomodar. Creia-me. Não sou um intruso. Não me tome por um homem indiscreto.

— Isto está bom de verdade. O que acha, senhor Charles?

— Certamente. E agora você verá quem eu sou.

— Alto lá. A idéia partiu de mim.

— Você deve respeitar a idade.

— De jeito nenhum. E mais, acho que a última coisa que se deve respeitar nesta vida é uma idade tão... lasciva.

— Não acha que está indo longe demais, jovem? Eu também tenho meus princípios...

— Princípios humildes, suponho.

— Humildes, sim, como todos. Por acaso você é de boa família?

— Boa, boa, não; passável.

— Quem será esse homem que não pára de nos olhar?

— É meu amigo Vicente. Um chato. Um homem muito, muito rico.

— Pois está nos procurando; não há tempo a perder.

— Não saia, não saia. Não saia, você não sabe o que há lá. Umas senhoritas que ao segundo copo esticam os lábios, fecham os olhos, baixam as alças e se enfiam num canto pedindo café. Não há direito.

— Agora está gesticulando. Está gritando.

— Vamos nos esconder dele. O senhor está lendo Dumas, senhor Charles?

— Todas as noites, senhor; todas as noites. Como você acha que poderia agüentar esta droga de vida?

— Então você sabe o que quero dizer. Vamos fugir.

— Sim. Vamos fugir.

— E as xícaras?

— Que xícaras?

— Vamos fugir, todos.

— Vocês estão bêbados?

Depois voltou a serenidade, a compostura. Estávamos os três sentados na poltrona central do conjunto de sofá e poltronas de vime, depois de ter atravessado, escondidos, a rua; a senhora Mermillon se ofereceu para fazer o café, e o senhor Mermillon, o corvo, deixou a leitura do vespertino para inspecionar o conteúdo do pacote: além do café, frutas cristalizadas, bolachas que pareciam coral e uma estranha peça triangular rajada como ágata que, ao saber que se tratava de uma pasta gelatinosa de fígado americana, o senhor Charles passou ao senhor Mermillon com um gesto de impaciência, "eu avisei, você lá com a sua consciência". Eu já estava debaixo da mesa quando percebi, atrás, o senhor Charles:

— Está louco? Pretende me seguir por todos os lugares?

— Somente até a cozinha. O senhor... (lamento ter esquecido o seu nome) mimará o senhor Mermillon.

— De jeito nenhum. Não quero cúmplices nem testemunhas.

— Vamos, vamos, não seja criança. O tempo urge.

— Disse que não. Não me obrigue a usar da violência.

— De nada lhe serviria. Sou forte, senhor; muito forte.

— Enfim, você será o primeiro a lamentar.

Havia anoitecido, e começava a cair uma chuva fina. Voltamos a nos enfiar debaixo da mesa quando o senhor Mermillon tornou a passar, com a pasta de fígado num prato, em direção à cozinha. Com um salto, o senhor Charles alcançou a parede e apagou a luz.

— Você será o primeiro prejudicado. Um fracasso na sua idade pode ser fatal.

— Saiba que aquela mulher só tem olhos para mim.

— Cale-se, homem. Você só abre a boca para dizer besteiras.

— Há alguma verdade nisso. Entremos. O que estamos fazendo aqui?

Quando o senhor Mermillon voltou me chamando, eu, que conhecia a distribuição do corredor, escapuli deixando o senhor Charles no seu canto... Pela janelinha e pelo vão entreaberto da porta do quarto, vi como a senhora Mermillon passava o café pelo coador e distribuía os doces em cinco pratos. Quando começou a cortar a pasta de fígado, alguma lembrança gelatinosa e horrenda da minha memória infantil fez saltar no meu interior toda a insuficiente banalidade de uma tarde acidulada de paixão. Ali ficou a minha cabeça, como a xícara atônita caída na toalha depois de sua base de cristal ter explodido inexplicavelmente; toda a obsessão do tédio infantil, temporariamente esquecido ao redor dos 15 anos para reaparecer por volta dos trinta, quando certo grau de conhecimento (não o suficiente para afastar a desolação, mas o bastante para apagar aquela irascível soberba ante o remédio gelatinoso) é o único preço alcançado, depois de muitos anos de luta inútil, na alienação de todos os mistérios e fúrias da idade ninfa, que se deixa sentir nos crepúsculos e nas manchas de vinho, no momento de sentar na cama e olhar para os próprios pés. Sentamo-nos na base da escada.

— Fujamos — disse, esvaziando o copo.
— Como vamos fugir? Você não está no seu são juízo.
— Nem você.
— Nem eu. Do que se trata?
— Trata-se... da senhora Mermillon.
— Que é que tem?
— Está aí.
— E daí?
— A senhora Mermillon.
— E daí?

O artista ficou pensativo, no primeiro degrau, balançando-se sobre a ponta dos sapatos e olhando para o copo vazio:

— Pensando bem, tampouco me importa. Por que não vamos embora?

— Não; importa para mim. Já chega de hipocrisia.

Era um quarto que cheirava a colchas vermelhas, com franjas aveludadas e dragões desfiados, decorado com fotografias da família, uma paisagem suíça e uma grande cama com quatro bolas nos cantos, um guarda-roupa com espelho, onde fiquei contemplando a ingrata brevidade dos meus dias.[2] Entreabri a porta a tempo de ver como o senhor Charles, atravessando o *comptoir*, entrava na cozinha; ainda via atrás dele as pernas cruzadas do senhor Mermillon sentado numa poltrona de vime com o prato apoiado nos joelhos. Parece que cheguei a dormir um momento, sentado perto da coluna do quarto às escuras, e quando acordei, ela estava trocando de roupa em frente ao espelho do guarda-roupa; colocou sapatos de salto, um vestido preto que deixava os ombros de fora e saiu com um sorriso eloqüente, alargando o passo para não pisar em mim, ao mesmo tempo que eu encolhia as pernas. Na cozinha, acenderam a lâmpada elétrica, e por debaixo da porta apareceu o raio de luz amarela que devia acabar com a incerteza de uma longa, ambígua e fechada tarde prolongada na penumbra; poesia lírica de luz capaz de metamorfosear os sussurros esporádicos e os ruídos de dobradiças e a monotonia da chuva na entrecortada, lenta e detalhada conversa de duas empregadas num quarto de costura. O outro veio, pela janelinha, dizer que "o senhor Charles já estava brincando com o cordão dela". O senhor Charles sempre dizia que se deve começar pelo pescoço, a melhor praia para iniciar o desembarque, dentro de uma certa legalidade, e avançar

---

[2]Ainda que nunca tenha chegado a explicar, sem dúvida foi o senhor Charles quem me ajudou a alcançar a janelinha.

depois para a península da cabeça ou mesmo para o próprio continente. Quase abrimos a porta ao mesmo tempo e vimos que, efetivamente, o pescoço podia se dar por perdido; por cima dos ombros — que estava perfumando com um dedo que molhava no vidro — (e por cima também de uma escova), os olhos pardos e brilhantes do senhor Charles surgiam como bóias ao vento sul, para depois voltar a afundar e aspirar o perfume na nascente do pescoço.

— Eu acho que ele vai beijá-la.

— Não, não pode ser.

— Você já vai ver. No ombro. De um momento para o outro.

— Não pode ser. Seria intolerável.

— É claro que é. Olhe.

— É inusitado. Que diabo de homem. Quem diria.

— Ele é um demônio. Olhe, mais uma vez.

— E com mais ardor. Eu não sei se temos que agüentar isto.

— Que remédio? Agora na boca.

— Com verdadeira paixão. E ela? O que você me diz dela?

— Entregou-se.

— E o marido? Acho que fomos longe demais.

— Não creia. Estamos no começo. Diga, mais adequadamente, que há de chegar um dia em que essas coisas serão tão necessárias quanto a agricultura.

— De jeito nenhum. Eu acho justamente o contrário. O mundo não vai por esse caminho. Este é o final de uma época, meu amigo.

— Nada disso. Eis aí os precursores. Chegará o dia em que um olhar intenso será suficiente para pôr abaixo toda a ordem local.

— Droga, o que estão fazendo agora?

A senhora Mermillon, expressão um pouco atordoada — sacudindo a cabeleira e desentupindo o ouvido como se acabasse de sair da água —, olhava na nossa direção com indiferença enquanto o senhor Charles sussurrava-lhe ao ouvido alguma coisa que não podíamos ouvir, e de vez em quando, na comissura da sua boca, aparecia um sorriso inquieto e brincalhão, como o rabo de uma lagartixa debaixo de uma pedra.

— Parece que estão zombando de nós.

— Enquanto reste um pouco de vinho.

— Venha, venha. Acho que está precisando. Onde você deixou a outra garrafa?

— Olhe, olhe agora. Não é justo.

— Você não vai ficar triste?

— Eu sou triste por natureza.

— Bom, isso se acabou.

— E o que estamos fazendo aqui?

— Estamos — disse o artista, pervertido por si mesmo, jogando a cabeça para trás e tirando-me a garrafa, sentado no chão às escuras —, estamos como no dia em que viemos ao mundo: tentando transformar a desgraça em falsidade.

Primeiro não o ouvi, como sempre me acontecia. Depois, dentro, aquilo foi se repetindo por si mesmo por um canal oculto (a porta tinha se entreaberto, introduzindo certa claridade em todo aquele espaço, onde agora se estendia um antigo, porém instantâneo, silêncio, acentuado por ruídos de louça num cômodo próximo e pelo som de uma gota caindo na pia, trazendo o cheiro da madeira esfregada com água e cloro, arrastando a antinômica materialização do vazio pelas portas abertas e paredes cadavéricas, aquela definitiva claudicação diante do vazio que todo quarto parece levar consigo quando, além das portas entreabertas, alguém esqueceu uma luz acesa e entre a fortaleza de onde irrompem não triunfalmente as cinzas, o silêncio e o horror e as trevas intemporais com seus estandartes esfarrapados envolvidos numa gaze de materializada e fatal temporalidade), para emergir, dias depois, deitado na cama e tentando encontrar o desenho das brechas nos papéis pintados. Foi embora sem dizer nada; levantou-se como um cão entediado e se foi; quanto tempo permaneci ali, cercado pelo silêncio da escada e pelo cheiro da madeira esfregada..., não sei.

Depois continuei ouvindo-o sem necessidade de compreender. No meu quarto, e pela tarde, e pelas ruas do

14, e pelo terminal de Cargas, e durante toda aquela viagem estéril pelo norte da Europa, atravessando a planície contínua através dos cristais embaçados, toda a Westfália e Hannover, e acho que até mesmo Mecklemburgo; em todas as estações úmidas, eu e o inglês sentados em cima das malas enquanto Vicente e a mulher procuravam o "nosso" alojamento; em todos os quartos precários com cheiro de colchas vermelhas e cabines de terceira tentando encontrar o pretexto de uma viagem que o inglês resistia a abandonar: "... Pois isso é mister atribuí-lo à firme assistência de Deus Nosso Senhor e, em conseqüência, à sua perseverante direção e prudente sabedoria, honoráveis Lordes e Comuns da Inglaterra..." Bebia como um demônio, tinha uma cara infantil e rosada como se tivesse saído de uma ilustração de um dos seus livros juvenis: sem ter olhaαo para ela mais que duas ou três vezes, sem ter trocado com ela nem com o Vicente mais de quatro palavras, compreendia-se que, ao primeiro estímulo por parte deles, teria abandonado sua terra, sua família e sua carreira para segui-los até o fim do mundo.

Numa tarde de chuva e de céu pesado, encontrei-os no meu quarto, quase às escuras, jogados na poltrona de costas para a janela.

— Não acenda, Juan.

— O que está acontecendo? O que você faz aí?

— Não está acontecendo nada. De onde está vindo?

— Sei lá. De lugar nenhum.

— Faz três dias que você foi buscar café.

— Está lá embaixo. Com a senhora Mermillon.

Sentei-me na beirada da cama. Só distinguia a claridade do espelho, a sombra deles contra a janela (um certo clima de trégua ou desfalecimento) e a luz do cigarro, que se duplicava na vidraça iluminando parcialmente uma testa.

— Está com vontade de voltar?

— De voltar para onde?

— Para casa. Para a Espanha.

— Não sei. Não sei o que estou fazendo aqui; parece que estou perdendo tempo.

— Eu não penso em voltar.

Ela sussurrou umas palavras, reclinando-se um pouco; estava caída em cima dele com as pernas em cima de um dos braços da poltrona e a cabeça no outro.

— Que tolice. Você diz isto agora porque está bem.

Ela voltou a sussurrar alguma coisa no ouvido dele e lhe deu um beijo.

— Não penso em voltar, Juan.

— Não seja idiota, não diga tolices. Não tenho saúde para ouvir essas coisas.

— Você também devia ficar.

— Vamos tomar um copo de vinho. Faz tempo que não bebemos juntos.

Peguei a garrafa e comecei a lavar o único copo. Enchi para mim uma das xícaras de café. Ela tinha se levantado, alisando a saia e o pulôver; ao passar perto do espelho, ajeitou a cabeleira sem acender a luz e saiu do quarto dizendo alguma coisa em francês.

— É uma mulher extraordinária.

— Sem dúvida.

— Precisamos ajudá-la.

— Em quê?

— Está muito mal.

— Vamos ver se consegue dormir um pouco.

Vicente bebeu em silêncio; tinha se ajoelhado na poltrona e olhava para a rua escondido atrás da cortina.

— Isto é sério, Juan — disse, retornando à sua posição, segurando o copo no alto e olhando através dele.

Ela entrou de novo; eu me levantei da cama; por uns instantes ficou olhando com muita atenção para a rua, escondendo-se atrás da cortina. Era quase noite. Em seguida, sentou-se no braço da poltrona, e ficaram se olhando, abraçados, e sussurrando bobagens durante um bom tempo.

— Bem, eu vou embora.

— Espere; encontro você depois?

— Não sei.

— Você vai ter que dormir no meu quarto. A senhora Mermillon lhe preparou uma cama.

— Por quê?

— Explicarei isso mais tarde.

Aquilo tudo não me importava nem um pouco. Ou, se me importava alguma coisa, a verdade é que eu não entendia quase nada. O novo quarto estava forrado com papéis pintados com desenhos orientais. Enfiei-me na cama e não sei o quanto dormi, me parece que um breve momento; ali estava de novo a cabeleira morena e fosca, com perfume próprio, a voluta nascendo na têmpora rodeando a orelha encaixada num rasgão branco ceruleo do papel, girando, apagando-se e reaparecendo em branco-e-preto até provocar a palpitação insistente de uma veia sob a nuca, como a válvula queimada de um motor velho: era — ela mesma me disse, completamente cerúlea, virando um pouco o rosto e deixando aparecer o nariz pontudo com um gesto de certo desdém — o que você dizia, o fim de uma era; e à custa de deixá-lo desmaiado nessa cama durante semanas sem outro afazer senão contemplar sua própria decomposição extravasada numa parede rachada, direi que você veio aqui forçando uma viagem cheia de esperanças, a fim de alcançar a desilusão definitiva. O desenho repetido e enlaçado representava uma complicada trama de pássaros orientais e folhas exóticas verdes e pretas atravessando como uma espinha de peixe uma trança de girassóis. Você se depara com o cabelo, o cacho de cabelo e a orelha, e isso servirá para fazer de você um homem desiludido, um homem de verdade. Tem razão seu amigo artista: vocês se enganam na infelicidade. Porque, quando se empreende uma viagem, não se deve esperar nada se já se alcançou o limite desejável da incredulidade que há de limitar o nascimento de novas ilusões. Você já não é mais jovem. Já não é mais jovem. Já é hora de se dar conta de que, quanto mais exija de um futuro enganoso, quanto mais pretenda desfrutar dele, enfeitando-o com as graças de uma imaginação lisonjeadora e adúltera, mais duro e contraditório será o destino que o aguarda. Porque o seu destino não será outra coisa que sua imaginação não inclui, não porque o desdenhe ou porque o esqueça, mas porque sua missão é justamente deixar de incluir até o dia em que dissabores como esses o tenham transformado num outro homem. Depois de uns dias, Vicente entrou para me despertar, sacudindo-me para fora da cama.

— Venha, venha logo — arrastou-me para o outro quarto, onde estava a amiga, escondida atrás da persiana, fazendo gestos afirmativos com uma expressão muito grave.

Eu estava tão sonolento que nem sequer a cumprimentei. Vicente me arrastou para trás da persiana:

— Está vendo aquele homem de capa parado na calçada em frente?
— Quem?
— Cuidado, homem. Não deixe que ele o veja.
— O homem de capa e óculos? O que tem ele?

— Quando eu disser, vá até a janela e fique observando-o durante um momento. Venha.

— Vou.

Fiquei um momento observando-o. Era um homem normal, de capa, boina preta e óculos, que nem sequer se incomodou apesar de eu observá-lo como um mocho durante alguns minutos.

— Venha, apronte-se já. Agora você vai sair para a rua. Procure passar perto dele e ver a cara dele com calma. Vá ao Dupont, compre um jornal e fique tomando um café até as... até as sete. Entendido? Se ele o seguir, vá para o hotel dando uma volta.

Assim fiz; eu estava bem acordado, que diabo. O homem estava apoiado no encosto gradeado de um banco, fumando e olhando para a marquise em frente tão distraidamente que nem sequer me devolveu o olhar. Li todo o jornal no Dupont, tomei dois cafés, não apareceu ninguém, e às sete estava de volta ao hotel.

O quarto estava vazio; tinham levado tudo, e as minhas coisas tinham sido colocadas, com certa ordem, na minha mala. A senhora Mermillon me disse que Vicente tinha pagado a conta e partira num táxi com a senhorita sem dizer mais.

— Diga: pagou também a minha conta?

— Ah, não, senhor.

— E não disse para onde foi?

— Ah, não, senhor. Foi com a senhorita.

— Eu também terei que ir, senhora Mermillon... Agora que estamos sozinhos... e tranqüilos, por que não sobe e me ajuda a fazer a mala? Tomaremos também um pouco de café.

— Vou avisar meu marido.

— Não precisa se incomodar, senhora Mermillon. Boa tarde.

Não sabia o que fazer. Fiquei dois dias desorientado. Enfiava-me na cama e depois de 15 minutos tornava a sair para beber um pouco de vinho; voltava ao quarto para ver se encontrava algum recado dele, e acabava sempre na cama, nem tanto para dormir mas tentando mergulhar em delírios semi-orientais ou em discretas e alentadoras evocações da minha primeira juventude e última maturidade da minha tia, associada a um pássaro tropical verde com uma rachadura na crista.

Dias mais tarde me tiraram da cama porque um senhor me chamava ao telefone. Era Vicente; com voz calma e conforme um plano bem estudado, indicou tudo o que eu tinha que fazer: arrumar a mala, pagar a conta do hotel no dia seguinte e me apresentar, disposto a fazer uma viagem curta, num determinado restaurante do distrito 9. Indicou-me também, uma por uma, todas as medidas de segurança e precauções que devia tomar a fim de não ser seguido do hotel ao restaurante.

O restaurante era um local pequeno, com mesas compridas e uma mulher servindo sozinha refeições ao preço médio de 950 francos. Encontrei os dois na última mesa, quase escondidos atrás de uma chapeleira. Ele colocou a minha mala debaixo da mesa e nem me perguntou o que eu queria comer. Pela primeira vez, eu via a mulher à luz do dia. Estava de óculos escuros, falava muito baixo e se notava que durante vários dias não tinha cuidado do rosto. Somente nos demos as mãos.

— Mas o que está acontecendo?

— Nada. Não está acontecendo absolutamente nada. Entende?

— Não, não entendo.

— Você se meteu em alguma confusão?

— Quer fazer o favor de nos deixar em paz?

Ali mesmo, quando acabamos de comer, sem trocar nem quatro palavras, começou a odisséia. Primeiro saíram eles, agarrados pelo braço e aproximando-se das paredes como se estivesse caindo uma tempestade. Tive que esperar até desaparecerem na esquina. E depois, correr até a esquina, arrastando a mala, vigiar as quatro ruas e dar-lhes cobertura de novo. Atravessamos assim meia dúzia de quadras até que, com uma breve corrida, entraram num discreto hotel para turistas modestos. Num pequeno quarto interior de uma só cama, invadida por uma profusão de combinações e pentes e potes de toucador e um cheiro de creme hidratante misturado com o dos sapatos femininos pendurados atrás da porta, pareciam estar se refugiando de um mundo hostil que preparava sua ruína. Passei a tarde toda no quarto com ela — Vicente saiu para arranjar papéis e reservas —, tentando fumar o máximo possível para evitar o enjôo que o cheiro dos cremes me causava. Tirou os óculos: seu rosto não tinha nada a ver com o de antes. No início percebi apenas que era muito mais velha que Vicente; depois compreendi que aquele único fato era suficiente para se perceber a gravidade da situação, fosse qual fosse. Tinha um rosto expressivo, que mudava a seu capricho, de uma atitude analítica e dura — olhando para os próprios olhos e frisando os cílios quase colada no espelho — para um olhar de terno interesse, perguntando-me se era a primeira vez que estava em Paris e tirando o vestido para tomar banho. Falamos pouco, mas sabia jogar com os olhos — piscando e reanimando-se como a lâmpada de um vilarejo numa noite de tempestade — para manter um estado de conversa sem pronunciar uma palavra. Tomou banho, se enxugou, se perfumou, tratou a pele e se vestiu — em menos de três horas —, como se eu não estivesse no quarto. Primeiro, fingi dormir, depois pensei que não se via aquilo todos os dias e fiquei deitado, com as mãos cruzadas embaixo da nuca, seguindo com atenção todos os movimentos. Quando estava calçando as meias, chamaram-na por telefone, e teve a discrição de fechar a porta — o telefone estava no corredor — para me impedir de ouvir. Foi uma conversa de uma hora, pelo menos. Não sei o que aconteceu depois. Quando acordei, já estava bem adiantada a noite, ouviam-se apitos longínquos, e uma luz avermelhada subia do pátio. O quarto ainda continuava em desordem, havia um cinzeiro cheio de bitucas com manchas de batom vermelho. Aquilo não me agradou muito; no pátio via-se apenas uma ou outra janela iluminada, conversas no andar de baixo, atrás da cortina de outra janela aberta. Ouvi por um momento; não entendi nada. Não sabia que horas podiam ser, mas me pareceu muito tarde pelo silêncio um tanto cavernoso que vinha do corredor e do vão da escada às escuras. Embora estivesse com muita fome, me senti invadido por tamanha sensação de fatalidade e desamparo que não encontrei forças para sair para procurar o jantar e decidi, de vez, tentar dormir um pouco.

No dia seguinte, ao meio-dia, a camareira me acordou com um telefonema. Vicente, outra vez, me chamava para almoçar, num lugar diferente, perto da *rue* Dunkerque. Era um bar para viajantes, pequeno e rápido, onde as pessoas entravam e saíam carregadas de pacotes e malas para consumir sanduíches e café olhando para um espelho (de onde num canto, um tanto desmemoriado mas sabendo manter um ponto de animação, vê-se um grupo de veteranos que está sentado bebendo *pernod* desde que a grande guerra acabou). Vicente parecia nervoso. Levantou-se três vezes para falar ao telefone; tirava do bolso de cima do casaco uma pequena tira de papel enrugado onde estavam anotados um endereço e um número com uma letra muito grande. Enquanto eu comia, ele saiu algumas vezes à rua e falou com a mulher do balcão, a quem, por fim, entregou o papel com a anotação que ela colocou entre duas garrafas da prateleira.

— Não sei o que pode ter acontecido.

— Talvez tenha encontrado o seu homem.

— Por que não vai rir da sua mãe? Por que não se manda de uma vez e me deixa em paz?

— Minha mãe, coitada, tem pouco a ver com isto. Se tivesse dito a minha tia...

— Quer tomar isso de uma vez?

Era uma taça de conhaque de 160 francos. Fazia pelo menos três dias que não o provava.

— Se está com tanta pressa, por que não vai pagando?

— Porque desta vez você vai fazer isto. Estou começando a ficar cansado de alimentar um inútil.

— Está bem, desta vez está bem — os meus pobres francos saíam do bolso de nota em nota —; lembre-me quando voltarmos a Madri de apresentá-lo à minha tia Juana. Tenho certeza de que será amor à primeira vista.

— Guarde o seu agradecimento para outro momento, entendido?

— Entendido. Dois mil e oitocentos e poucos francos. Você também podia poupar os seus.

— Vamos, vamos.

Eu não sabia — nem me importava — aonde diabos tínhamos que ir. Entramos num táxi e durante quase duas horas ficamos dando voltas por Paris (embora, sob o efeito do conhaque, estivesse a ponto de cochilar, acho que pela primeira vez chegou a se desvelar para mim o espetáculo de ruas que até então me tinham passado despercebidas), perguntando endereços inúteis, fazendo averiguações absurdas, tentando despertar em porteiros céticos alguma coisa de interesse em não sei quê. Voltamos para o nosso velho hotel; desci para cumprimentar a senhora Mermillon, que — talvez porque aquela visita última a tingisse de cores sombrias — me pareceu mais bem penteada e mal-intencionada do que nunca. Quando cruzamos a *rue* des Thérmopyles e me virei para contemplá-la pela última vez — mais larga nos quadris também —, pensei que voltar a vê-la haveria de contribuir para acreditar numa modesta, talvez desconfortável, sobrevivência. Em seguida continuamos pela Emile Richard, *rue* Gassendi rumo ao *boulevard* Raspail. Numa esquina, Vicente desceu; pediu que eu estivesse no hotel às oito, com tudo preparado para partir.

Naquela mesma noite nos encontramos os três na Gare du Nord. Ela tinha colocado um casaco cor de canela, sapatos fechados, óculos escuros e estava com o cabelo jogado para trás preso na nuca com um lenço de seda. Pela primeira vez percebia que ela era da mesma estatura que Vicente, que a segurava pelo braço e olhava para todos os lados, nervoso. Ela parecia muito calma e reservada; dir-se-ia que não tinha nenhuma necessidade de que ninguém cuidasse dela nem, muito menos, tentasse levá-la pelo braço.

Por mais que tente reconstruí-lo, jamais consegui decifrar o itinerário da nossa viagem. Na Alemanha, de repente nos vimos completamente sem dinheiro e tivemos que prolongar nossa estada em Hamburgo, esperando uma remessa de Madri. Vivemos alguns dias numa pensão caótica, perto da *rue* Lincoln, que cheirava a colchas pardas e marabus empoeirados e teimosos e malogradas bonecas ciganas que ainda espalhavam uma demência de pré-guerra pelas colunas ornamentadas de um corredor incongruente. Devem ter sido dias terríveis e tormentosos para eles, porque cada um em separado se dedicou com alguma freqüência a passear comigo na chuva. Ela tinha o passo lento, inalterável, e não lhe importava ficar para trás; não lhe importava comer batatas e deixar passar as horas olhando as balsas, escondida atrás dos óculos escuros, as mãos enfiadas nos bolsos do casaco canela, com o cinto muito apertado e o lenço amarrado na nuca. Aparece na minha frente (mais tarde, dias e quilômetros mais adiante), tristemente sentado no mesmo banco e enquanto os ratos correm pela borda do espigão para se esconder nas escadas do cais, o último vendedor de um jornal anarquista. O último assinante desapareceu por causa da guerra, mas a doutrina — esse vespertino afã de entendimento sob o signo de uma mitigada coragem (ou transubstanciado em pormenorizada doçura) — permanece; sob o céu caiado, contemplando os rebocadores silenciosos ou o torvelinho de gaivotas barulhentas em volta de uns despojos na água negra, o velho anarquista ainda nos falava de um iminente entendimento universal; estava com um casaco manchado de gordura, barba de uma semana, não usava gravata e vestia uma camisa de lã crua amarrada com uma corda. Acompanhou-me por muitos dias (ele sabia que já não nos restavam juventude nem fé, e ela, sentada na ponta do banco, cruzava as pernas, escondida atrás dos óculos pretos, com as mãos nos bolsos) pela mesma razão que insistia em que eu contemplasse as estátuas — todas as estátuas de puritanos sem grandeza formando uma roda, toda a corte de vickings envoltos em malhas em posição de afronta à independência, ou a imagem orgulhosa de Domela — ou terminasse as tardes nas docas, arrastado pelas obras religiosas, e os apostolados do mar, e os depósitos desertos, e as barracas para comer batatas, olhando as gaivotas do Brook ou do Osterok e adivinhando nas esteiras dos rebocadores, nas maromas cobertas de vegetação e no lento e compassado som dos motores desacelerados das barcaças, uma certa ou elementar sinceridade que em outros lugares de mim se escondia, por essa única reação que, chegado o momento, pode me dominar sobre qualquer outro: sem saber para quê. Tempo atrás, muito tempo atrás, decidi um dia pendurar num prego na porta do meu quarto uma combinação cor-de-rosa, com acabamento de renda, que exalava um forte cheiro de perfume barato e com a qual, com muito trabalho e depois de muito implorar, uma amiga de vida irregular finalmente me presenteara. Quando na manhã seguinte minha tia veio anunciar a hora de acordar, começou a aspirar, fechando os olhos com tal veemência que os orifícios do nariz subiram até os olhos e os óculos montaram nas sobrancelhas. E acho que ainda continuaria cheirando (com pequenas e contínuas sacudidas do coque até extrair dois palmos de pescoço) se eu mesmo não a tivesse detido com uma explicação:

— Trata-se de uma lembrança, tia. É um objeto íntimo de uma amiga minha que ganha a vida exercendo a prostituição.

Foi a sua última batida de porta (eu estava terminando a faculdade), a mais radical: recortada na moldura da porta começou a girar como um manequim, o queixo ainda deu três sacudidas bourbônicas em direção ao teto, como se tentasse achar o contrapeso do coque excessivo. Mais tarde minha mãe veio (eu continuava na cama), viu o objeto, cheirou-o e, olhando para mim com pena, retirou-se em silêncio, fechando a porta sem violência. Naquela mesma tarde, meu tio — homem de posses — veio tomar café expressamente encarregado de ter, a portas fechadas, uma conversa decisiva comigo. Se não houve acordo não se deveu à dureza das minhas condições: retiraria a combinação no dia em que desaparecesse o retrato do bom Ricardo, aquele dos intestinos delicados, da mesinha-de-cabeceira da tia. A paz se fez por si: minha tia não voltou nunca mais para me acordar, e eu, depois de uma quinzena, considerei prudente e político arriar para sempre a bandeira rosa do ultraje.

E, no entanto, sentado ao lado do anarquista de coração, compreendia que toda a epopéia de uma juventude medíocre, mas insultante, vem abaixo assim que o homem é capaz de engendrar um momento de gozo: ali estavam os Heligoland, todos os Fairplay com suas chaminés pretas e suas formas rechonchudas de anões parrudos, carapaças pintadas de amarelo, baluartes e rodas protegidas de pneu, felpas e lonas, como as mãos de um boxeador. Havia ali, entre o aroma enraizado das aduchas e o horizonte caiado que abrevia as tardes e resume o céu aos grasnidos das gaivotas histéricas, o instante de sinceridade que uma juventude desdenhosa podia ter estado procurando em vão durante trinta anos de afetada indiferença. Era um discípulo fiel, amado em outro tempo; ainda guardava debaixo do casaco de aspecto judeu meia dúzia de exemplares do semanário que meses atrás tinha sido obrigado a suspender por carência total de recursos... Chamava-se... *De Vrije Socialist*; a assinatura anual custava 1,95 florim e tinha sido fundado pelo bom Domela, diante de cuja reverenciada estátua começávamos a nos embebedar de compreensão, dignidade, boa-fé e deferência aos velhos princípios. Conservava outro amigo com quem trocava correspondência todos os meses, editor do *The Word*, que ultimamente se vira obrigado a aceitar um emprego numa fábrica para poder publicar com semanal pontualidade o jornal germânico. Eu também, disse, com um pouco de vergonha, tinha claudicado. Ela olhava para nós de vez em quando, sem dizer nada, mas sem estranheza.

Quando o dinheiro chegou, partimos para a Dinamarca, ou, pelo contrário, da lenhosa Dinamarca voltamos outra vez para a Alemanha, já acompanhados pelo inglês ébrio de tristeza que caminhava pelo dia com o olhar no chão e sempre em diagonal e que só se atrevia a olhá-la no rosto quando a ajudava a descer do trem. Desembarcar a *nécessaire* e manter a mão dela no ar por um instante lhe causavam tal emoção que só com muita dificuldade conseguíamos sair da estação três horas depois de ter descido do trem, orando pelos restaurantes iluminados e repetindo com pesar "... agradecer vossa sábia orientação e inalterável presença de espírito, honoráveis Lordes e Comuns da Inglaterra. Meu discurso, por isso, mais que um troféu, tem que ser um testemunho..." pelo balcão comprido e deserto; foi no princípio uma viagem murcha, com um tempo do cão; praticamente a única coisa que o inglês e eu conseguimos fazer foi tentar por todos os meios e bebidas evitar o contágio com o mau humor que reinava entre o casal. Viajavam sempre em outra cabine, sentados junto à janela, olhando para o teto e separados pela mesinha cheia de cigarros, jornais que não liam, caixas de chocolate e garrafas de água mineral. Parece-me que viajaram todo o tempo com os óculos na cara e as bocas um pouco entreabertas, como se acabassem de engolir uma espinha de bacalhau.

Por volta das últimas semanas de setembro melhoraram o tempo e o estado de espírito deles. Passamos dias tranqüilos numa região onde se colhia maçã, uma maçã pequena e azeda com a qual faziam um tipo de bebida repugnante que quase acabou com a nossa saúde. Tiraram os óculos, fizemos alguns pequenos passeios todos juntos; quando chegava a noite, o inglês e eu nos retirávamos para a aguardente e eles se encolhiam no mesmo canto. As pequenas tempestades surgiam, mais que no trem, nas cidades onde parávamos; em alguns hotéis nos quais escasseavam os quartos, mais de uma vez tivemos que dormir os três juntos, porque às vezes ela exigia um quarto só para ela. E houve até mesmo noites em que não conseguimos sair da estação, com a ajuda retórica do inglês e sua mala de garrafas. Uma madrugada — estávamos passando dois dias num povoado chamado Celle ou algo assim — o Vicente nos acordou muito cedo:

— Você sabe se tem consulado em Hannover?

— Se tem o quê?

— No dia em que você souber de alguma coisa...

Tivemos que partir apressadamente para Hamburgo. A tempestade deve ter sido forte, porque ela saiu com a cabeça altiva; amarrando o lenço e sacudindo o queixo. Não sei que diabo aconteceu com as nossas malas, o caso é que tive que me enfiar no trem enrolado numa capa, tiritando como um gato recém-nascido, coberto apenas pelo casaco de um pijama florido e fechado no pescoço que o Vicente me cedeu no último momento. Em Hamburgo se casaram; fizemos um pequeno banquete, numa torre elevada sobre o porto, ao qual tive que comparecer com a capa abotoada até o pomo porque as malas tinham ficado no guarda-volumes. Comprei um cachecol e partimos em lua-de-mel em direção ao Oeste; a idéia de passar sua noite de núpcias em Hamburgo deixava Vicente doente. Vários dias depois ainda continuávamos viajando entre Hamburgo e Coblenza, pelo Palatinado, em direção à fronteira francesa, sem sentido nem rumo nem objetivo a não ser aumentar o máximo possível aquele frenesi ferroviário e atrasar indefinidamente a chegada da sibila que tinha que aparecer na madrugada, numa cantina de vidros leitosos, para nos informar a data da volta. Refugiávamo-nos nos cais do rio — que ela raramente pisava —, na proximidade das estações, entre os muros enegrecidos com cheiro penetrante e as vias abertas em direção ao caos, fugindo paradoxalmente da tácita e inapelável sentença de um destino — escrito nas flechinhas e nos quadros, nas horas estampadas e nas salas vazias e no cheiro de óleo e fuligem pulverizados — oposto a um desejo desconhecido.

Numa noite — viajávamos já em direção à França —, decidimos festejar o adeus iminente. Conseguimos apenas pronunciar três palavras — e regar o chão de cerveja —, porque na cabine viajava mais uma pessoa: um homem de capa, com óculos escuros e cabelo castanho e brilhante, arrumado com brilhantina. Os três viajavam em silêncio, olhando para o teto e distraindo o longo trajeto com a leitura de jornais e revistas. Acredito lembrar que o inglês e eu tínhamos trocado os casacos e pretendíamos diverti-los um momento. Que diabo, voltamos a nos deitar na nossa cabine para continuar recitando:

— Você conhece bem o Antônio?

— Maravilhosamente.

— Adiante, *sir*. Estou ouvindo.

— *This common body, like to a vagabond flag upon the stream, goes to and back, lackeiyng the varying tide, to rot itself with motion.**

— Isso..., o final, o final.

— *To rot itself with motion.*

— Maravilhoso, maravilhoso. Muito adequado. Em frente, *sir*.

Tínhamos adquirido o costume de nos apontar mutuamente o dedo quando nos enchíamos de versos. No meio de uma recitação, saímos apressadamente — seriam, sei lá, umas quatro da manhã —; eu parei no fundo do corredor; quando apareci na plataforma ela estava entregando um papel — semelhante a um documento oficial com selos e apólices, bastante dobrado e amassado — que guardou rapidamente no bolso do casaco ao perceber a minha presença. Os dois tiraram os óculos; o outro me olhava com jeito professoral: uma cara torcida e pedante, feições grandes que exalavam cheiro de loção e testa pequena trapezoidal; tinha na mão outros papéis, um pouco de dinheiro, acho, e um passaporte. Voltei para a cabine do Vicente sem saber o que dizer.

---

*Esse corpo ordinário, tal como uma bandeira qualquer ao sabor do vento, vai e volta, necessitando da variação da maré, para apodrecer com o movimento. (*N. da E.*)

— Aquilo...

— Onde você deixou o seu amigo?

— Aquilo, Eugenio...

— Não me chame de Eugenio.

— Onde você deixou a sua mulher?

Ela entrou; olhou tranqüilamente para mim. Em frente ao espelho, alisou as sobrancelhas, arrumou o penteado e colocou os óculos. Em seguida entrou o inglês, que ficou dormindo no meu ombro, e depois de uma meia hora entrou o sujeito da capa, que se sentou perto da porta, fumando com afetação, batendo o cigarro num isqueiro de ouro e no relógio de pulso com a corrente prateada. Horas mais tarde, perto do amanhecer — uma linha de giz vermelho desenhando atrás de fazendas cercadas e luzes sonolentas e filas de árvores —, acordei com uma garrafa vazia me cutucando os rins. Vicente, grudado na janela, olhava a paisagem. O outro olhava para o teto, e ela parecia dormir.

— Dê-me isso.

— Não abra — disse-lhe —, podemos morrer todos.

Vicente subiu no assento. O outro olhou para ele com indiferença e esmagou o cigarro no cinzeiro da porta, reclinando-se no encosto e esfregando os olhos. Então o Vicente estourou a garrafa na cabeça dele; os óculos saltaram até o assento em frente, e o homem — atônito e penteado, uma mecha de cabelo sustentada com gomalina, levantou-se como uma tecla respingada de sangue — desabou no encosto, com os olhos abertos, deslizando lentamente até o nariz topar com um botão da tapeçaria, virando a cabeça, que tombou torta no assento como um boneco de ventríloquo ao final da representação.

Descemos de vagões diferentes; o inglês continuou dormindo, apoiado no meu ombro. Naquela mesma noite desapareceria para sempre. Ela voltou para a Alemanha, Colônia, onde deveríamos nos reunir três dias depois.

Durante três dias a única coisa que fizemos foi dar a maior volta ferroviária possível para chegar a Colônia. Vicente não saiu do hotel durante toda a semana. Mal comia; passava o dia deitado na cama, olhando para a lâmpada ou para a rua através das vidraças, sentado numa pequena poltrona de vime. A cada meia hora descia de camiseta à portaria, para perguntar se havia algum recado para ele. Sem poder me afastar muito do seu lado, refugiado na vizinhança da estação, pensava na minha iminente volta, pensava (prescindindo do fracasso), quem sabe se influenciado pela indeterminação moral que um dia se transforma em desejo ferroviário, pelos zunidos longínquos e pelos nomes noturnos e pelo silêncio mercurial das vias na noite, se um dia seria possível deixar de perguntar pela chave de um futuro que forçosamente deveria estar em alguma parte.

Topei com ele na escada, acompanhado por dois policiais. Jogou o casaco em cima da camisa aberta, e, sem se barbear, sorvendo no ar um resfriado iminente, atravessou na minha frente sem me dirigir o olhar.

O quarto tinha sido arrumado; tinha feito as malas deixando-as abertas. Dentro de um casaco virado pelo forro tinha colocado com cuidado, encaixadas pela boca, aquela meia dúzia de xícaras de café com as quais, uma vez, quisemos demonstrar a espontaneidade de uma aventura insensata.

BAALBEC, UMA MANCHA

I

Quando eu era criança, minha mãe nunca teve necessidade de recorrer a uma recompensa para me submeter à sua autoridade. Fui educado numa casa cujo governo estava em mãos de mulheres, habitada quase exclusivamente por mulheres — a mais jovem era minha mãe — que mal saíam ao ar livre; para escapar do círculo de costura eu não tinha outra alternativa senão me refugiar na companhia intratável do velho José, o criado, ou passear solitário pelo jardim, atirando pedras nas rãs. Até os dez anos, não vi outros homens — porque José começava a deixar de sê-lo — além dos fiéis da paróquia nas manhãs dos domingos ou dos jovens durante a tarde meia dúzia de vezes por ano, nas ocasiões em que minha avó oferecia a suas vizinhas e desmemoriadas amigas um sarau de bom-tom; o doutor Sebastián (ou melhor, o guarda-chuva do doutor Sebastián pendurado na cabine que deixava no chão sua marca de pingos d'água) e uns quantos ciganos, também três ou quatro vezes por ano.

Quando, estando doente, compreendeu que se aproximava o dia de nos separarmos, minha mãe me disse uma coisa que sempre, depois, levei em consideração. "Prepare-se para não esperar nunca nesta vida que a sua virtude seja recompensada. Nunca pense nisto; porque a virtude não precisa nem deve ser, em justiça, recompensada."

Até aqueles momentos eu poderia ter acreditado que a minha mãe não se preocupara muito com a minha educação. Durante os meus primeiros anos pareceu me vigiar de longe, um tanto resignada à evolução de um filho que — numa casa de campo solitária, rodeado de mulheres de pescoços compridos e retidão de prumo — só com ajuda do além teria conseguido ostentar sentimentos rebeldes ou distorcidos.

Na verdade, se minha mãe não teve parte muito ativa na formação da minha infância foi porque — deixando de lado as dificuldades econômicas que nos obrigaram à separação — percebeu, para o bem ou para o mal, que as circunstâncias nas quais esta havia de se desenvolver eram mais que suficientes para resultar numa educação que só pelo caráter poderia ver-se alterada, já que não por outra, de signo contrário. Muitas vezes ela me surpreendeu — na grande sala de jantar estilo império rural (o chão tinha se afundado no centro, e os grandes aparadores e balcões pareciam vacilar medrosamente) ou no salão contíguo, onde se desenvolviam as noitadas que minha avó convocava com as cada dia mais escassas amizades, por um compromisso quase histórico contraído para a conservação de um mito — passando por entre as pessoas, olhando do outro canto da sala, como se temesse adivinhar na minha tímida atitude o produto de uma educação que uma disciplina intransigente estava moldando sem contar com ela. Acho que agora compreenderia se tivesse oportunidade de voltar a vê-la, porque o brilho significativo no qual o segredo reside se apagou faz muito tempo, deixando como único rastro o desejo insatisfeito de voltar com a imaginação para confirmar um sentimento benevolente; mais que a resignação, a dissimulada capacidade de sacrifício que lhe haveria de permitir a alienação do seu mais caro bem, depois de uma rendição sem condições; a renúncia (ou a dissimulação) às suas próprias convicções para não tingir de sombras contraditórias a interrogante meninice do filho único.

Minha infância e adolescência transcorreram quase totalmente na casa que a minha família possuía nos arredores de Región e na qual, com o passar do tempo, teve que passar a viver o ano todo por uma série de motivos inconfessáveis escondidos sob o pretexto da idade da minha avó e seus desejos de vida calma e retirada. A casa —

San Quintín — era uma bela e sólida construção de três andares, de ladrilho enfeitado com pastilhas de granito. A fachada principal dava para o poente, e num primeiro andar quase cego se estendia uma comprida varanda com vista para os terraços de cultivo que desciam para Región, cujas torres e cúpulas e macilentas colunas de fumaça avistávamos por cima dos olmos; cujo repicar de sinos chegava com tons de resignação pastoral nas tardes ensolaradas de outubro para nos lembrar da nossa irremissível solidão nas sombrias manhãs de uma úmida e tardia primavera. Rodeada de grandes olmos e elevada sobre os terraços de jardins italianos que a minha avó nunca teve o cuidado de reconstituir, a casa ocupava um dos vértices de uma propriedade bastante extensa, quatro quintos da qual eram formados por uma colina baixa, com bons pastos e bosques de alcornoques, desde as margens do Torce até os contrafortes da Serra; a quinta, as várzeas junto ao rio eram alagadiços de irrigação que produziam quase toda a renda do imóvel e que, com o passar dos anos e iniciado o declínio da família, a minha avó foi arrendando, hipotecando e vendendo mal, praticamente sem o conhecimento dos filhos. Numa pequena elevação, dominando a curva do Torce, estava situada a casa, à qual se chegava por uma estrada particular, indicada na estrada entre Macerta e Región, na altura do quilômetro nove, por dois pilares de granito coroados por duas bolas onde estavam gravadas — uma em cada uma, com letra itálica e pretensiosa — as iniciais de meu avô ou do casal, L. B.

A propriedade como um todo tinha sido adquirida por meio de sucessivas compras que meu avô efetuou por volta dos anos 1870, e a casa foi construída aproveitando-se, em parte, os muros de uma antiga granja e as ruínas de uma pequena ermida dedicada ao santo, no ano de 1874, tal como estava gravado com a mesma letra itálica no arco da porta principal.

Meu avô fez sua fortuna no ultramar, em pouco tempo. Aos 34 anos estava de volta à Espanha, transformado em homem rico. Era originário do Sul, acho que da província de Almeria, e veio para Región na época da construção da ferrovia de Macerta, na qual trabalhou como capataz sob as ordens de um tio da minha avó ou talvez do próprio pai dela (o que, com o tempo, passou a constituir um segredo de casta). Deve ter conhecido a minha avó e decidiu se casar com ela rompendo as diferenças na América, solução que naquela época o teatro de idéias tinha sugerido e colocado na moda. Recém-completados os vinte, foi primeiro para a França, onde viveu alguns meses viajando e fazendo comércio pelas cidades do Sul, entre Grenoble, Marselha, Sette e Montpellier, associado a um francês chamado Ducay, com cuja ajuda, e depois de um certo jogo de cartas que entraria para a crônica familiar com traços mitológicos, deve ter deixado sem 1 franco um comerciante de grãos de Sette. Na América, principalmente no México e em Cuba, os dois sócios trabalharam em minas, montaram um negócio de loja de ferragens e se dedicaram ao desmanche de barcos por meio de um procedimento um tanto corsário. Os últimos descendentes dos Irmãos de La Costa se dedicavam, na falta de outra ocupação mais estimulante, à pilhagem de navios de pequena cabotagem entre Honduras e as Grandes Antilhas, que eram desmontados em alto-mar ou em algumas enseadas escondidas do golfo de Campeche e vendidos ao meu avô, que os desmanchava e transformava. Qualquer que fosse a verdade a respeito das lendas que corriam sobre meu avô e Ducay, o certo é que em menos de dez anos o homem forjou uma fortuna que podia rivalizar tranqüilamente com qualquer uma das que, na última década do século anterior, se assentaram em Región (quem sabe se motivadas pela qualidade do leite, pelo afastado do lugar ou pelas quimeras de uma nova terra prometida, apregoadas então pelo teatro de idéias) com a finalidade de erigir uma cidade-modelo para uma sociedade nova. Começou por comprar os terrenos de San Quintín, lote após lote, seguindo uma ordem anárquica, fazendo todos os esforços imagináveis para não levantar suspeitas sobre o volume da sua fortuna e não despertar a cobiça e a desconfiança dos patrícios. Foi atrás deles, um a um, aproveitando as inimizades e ódios pessoais, fazendo-se passar às vezes por um comerciante de grãos que vendia muito barato em troca da aquisição de alguns imóveis; outras vezes vendia-lhes alguns cântaros de vinho, queixando-se da sua triste e humilde condição que com muita dificuldade lhe permitia comprar um mau pedaço de terra onde manter sua casa e sua família; ao fim de dois anos trotando pela Serra conseguiu reunir no escritório do notário uma pasta que continha os títulos de propriedade de mais de 2 mil hectares.

Alugou uma casa em Región e construiu a de San Quintín segundo o gosto dele; fez vir um jardineiro levantino, trouxe da França bom número de móveis que seu amigo Ducay proporcionou a custo reduzido; mandou fazer roupa na Savile Row e, com um brilhante do tamanho de uma avelã no bolso, apresentou-se na casa do senhor Servén para pedir a mão da sua filha mais velha, Blanca.

Naquela casa nasceram quase todos os seus filhos, assistidos pelo doutor Sebastián. Ali morreu o velho León, no ano de 1903; ali morreram a avó e três dos seus filhos. Embora eu tenha nascido muito longe, ali me criei e ali transcorreu quase toda a minha infância, até os 15 anos, quando a minha mãe me internou num pensionato para iniciar os estudos; em poucos meses tive que voltar em cima da hora para assistir ao enterro dela no túmulo familiar, a tempo de entrar no velho salão das noitadas cheio de gente enlutada e circunspecta que permanecia de pé por falta de cadeiras, em torno de um grupo de senhoras sentadas em volta da minha avó e das minhas tias; a minha avó se balançava lentamente numa cadeira de balanço, com o xale nos ombros, e suspirava profundamente, olhando para o teto.

— Vem cá, filho, vem. Vem me dar um beijo.

II

Um dia recebi uma carta do novo proprietário de San Quintín me convidando para visitá-lo e descansar uns dias na casa. Além disso, o homem solicitava minha ajuda para definir uns limites cujas referências se perderam, e ninguém conseguia lembrar, bem como para resolver petições de certos proprietários que estavam a ponto de entrar com um processo judicial. Em nenhum momento passou pela minha cabeça a idéia de uma desculpa. Fazia tempo que estava pensando em algum pretexto para fazer aquela viagem, visitar a casa e o túmulo da minha mãe. Queria voltar a ver Región, embora estivesse desabitada e agonizante, voltar a passear pelo curso do Torce e por baixo dos olmos de San Quintín, voltar a me sentar na cerca, em frente à casa de Cordón, perto das fontes da entrada que tinha atravessado pela última vez quarenta anos atrás. A única coisa que me aterrorizava e detinha era a idéia da viagem: era penoso chegar a Macerta num trem sem conforto nem calefação, que em quarenta anos não tinha sido capaz de economizar nem uma sequer das nove horas de uma entristecedora viagem. Para um homem da minha idade, chegar a Región a partir de Macerta se tornara impossível. Não havia nenhuma linha regular nem carro de aluguel que se atrevesse a adentrar aquela estrada. Podia-se alugar uma carroça, avisando com uma semana de antecedência o recadeiro de Región, que por 15 *duros* se dizia disposto a fazer a viagem quando o porto não estava fechado. Mas, mesmo escrevendo para o recadeiro, era rara a ocasião em que a carroça se apresentava em Macerta à hora combinada ou a qualquer outra. A viagem tinha se tornado tão pouco usual que muito raramente o recadeiro podia dar crédito à mensagem; se não era pessoa muito conhecida para ele (e tais pessoas ou estavam descansando debaixo de dois metros de terra no cemitério de El Salvador ou estavam há anos passeando sua delirante solidão pelas tabernas abandonadas da ribeira do Torce), tinha que mandar adiantado a metade do valor se realmente quisesse que ele — ele e e a velha carroça rangente arrastada por um mulo desconfiado e cínico, que devia saber de cor todas as lendas da terra sussurradas pelas calhas e pelas avalanches traiçoeiras de um porto hostil — se pusesse a caminho. Mas desventurado aquele que tentasse mandar as 35 ou 50 pesetas que, muito provavelmente, jamais alcançariam seu destino. Fazia tempo que a agência dos correios (que não à toa se tinha mantido aberta desde a guerra civil, quem sabe tentando enfeitiçar a vontade de algum correspondente anônimo para que voltasse a despertar um sopro de interesse por aquele povo) tinha desaparecido de Región, e o único sistema de comunicação que restava era o antigo telefone da ferrovia que em algumas noites (na época do Natal ou na celebração daquelas festas estivais que preludiaram toda a decadência) os entediados ferroviários de Macerta tiravam do gancho para ouvir chiados, ais e lamentações; histórias cavernosas de fantasmas feridos, e guardas vigilantes, e tiros entrecortados na noite, e roncos de caminhonetes perdidas numa vereda da Serra, sem deixar vestígios na relva nem rastro dos seus ocupantes. Mas, mesmo chegando a supor que um dia o recadeiro conseguisse superar sua incredulidade para se pôr a caminho — um jaquetão com capuz, feito por um alfaiate aragonês antes da guerra de 1914, uma garrafa de *castillaza* no bolso e o rosto escondido atrás de um cachecol italiano procedente do despojo dos soldados que morreram na ação de Soceamos, e nos lábios uma canção de tropeiros da bela época —, é bem pouco provável que pudesse chegar a Macerta se, seguindo o costume e atendo-se aos rigores da amizade e do amor à pequena terra, tivesse que aproveitar a viagem para cumprimentar de passagem os velhos amigos, bêbados de tristeza e aguardente, desdentados e amnésicos, cobertos de peles brancas e perdidos pelos rincões da Serra, os amados lugares da sua juventude.

Quando o novo proprietário de San Quintín — um tal Ramón Huesca, ou Ramón Fernández Huesca, um nome novo para mim — ofereceu-se para me pegar em Macerta e me levar no seu carro até Región, todas as reservas que o reumatismo crônico impunha foram superadas por um estado de espírito mais adequado para um estudante do que para um velho adoentado e egoísta. Não tive, pois, nada melhor para fazer do que deixar passar as últimas rajadas de um inverno excepcionalmente rigoroso e arrumar as coisas para a viagem que ia realizar quando chegasse o bom tempo.

III

Era um dia nublado de primavera em que tudo parecia limpo e transparente, e me pareceu — estava certo disso — que ia ser capaz de ver sem muito esforço através da laje — como a adivinha através da bola de cristal — para materializar, uma vez mais, o brilho úmido dos olhos dela no fundo das trevas. Mas minha primeira visita foi inútil. O túmulo estava sujo, coberto de terra e de folhas; uma tempestade que inundara parte do cemitério tinha deixado sobre o túmulo da minha família quase dois palmos de barro endurecido, caules podres e ramos arrastados pelas águas. A sepultura da minha família, como as dos heróis nacionais, ficava no nível do solo.

O senhor Huesca, após me levar no seu carro, tinha ficado discretamente na porta do cemitério. Pareceu estranhar me ver sair tão rapidamente.

— Está coberto de barro — disse, jogando o ramalhete no assento de trás —; voltarei amanhã para limpá-lo. — O senhor Huesca era um homem jovem, de boas maneiras, que tinha feito dinheiro com bastante rapidez com o curtume e a fabricação de peles, negócio que, conforme me disse, soubera abandonar a tempo, na chegada dos produtos sintéticos.

— Se há tanto barro, teremos que trazer algumas pás.

Tinha decidido virar fazendeiro; estava convencido das grandes possibilidades que Región e toda a comarca, que "inexplicavelmente continuava esquecida e abandonada", ofereciam. Durante o caminho de volta foi falando, muito por cima, de todos os projetos que lhe rondavam a cabeça: primeiro um sítio, uma exploração agrícola que desse para ele e para as pessoas que pensava trazer viverem; em seguida..., não se atrevia a dizer. Apesar da sua serenidade era evidente que todo aquele investimento, e a aventura que trazia consigo, lhe causava certa inquietação. Estava constantemente procurando, mais que uma palavra de estímulo ou uma opinião favorável, uma sentença objetiva e confirmatória.

Como tínhamos toda a manhã pela frente, decidimos percorrer, na medida do possível, os limites da propriedade. Eu tinha trazido a cópia do testamento da minha avó, cópias dos títulos de propriedade outorgados ao meu avô em que se definia cada herdade, assim como outros papéis antigos e os últimos contratos de compra e venda que se fizeram em vida da minha tia Carmen.

Tudo tinha mudado. Tudo era muito menor do que eu tinha imaginado. No primeiro dia, só com muita dificuldade consegui reconhecer a entrada do caminho quando o senhor Huesca parou o carro e fez uma pequena manobra para seguir por ele. Tinha me esquecido de que estava perto de uma curva da estrada, e quando à esquerda apareceram dois pilares pensei em outro proprietário, outro inventor de granjas que tinha prosperado a ponto de chamar a atenção. A única coisa que tinham feito fora pintar a pedra com cal branca e cobrir as iniciais do meu avô com duas pedras de azulejo: "Granja Santa Fé." Bastante deteriorada, de cor marrom-montanha, ainda permanecia de pé uma das bolas de granito que emergia da pilastra caiada como a cabeça de um monarca repentinamente coberta por um arminho de aluguel numa comédia de paróquia.

Quase todas as árvores da minha infância haviam desaparecido; compreendi então o quanto seria difícil localizar as lembranças; era como voltar a uma casa sem móveis, cujos quartos, de dimensões irreais, se sucedem num caos de paredes de cor irreal, de luzes irreais e janelas e corredores que nunca devem ter existido. Todas as imagens que eu levava comigo tinham uma árvore ao fundo: uma amendoeira no pátio traseiro, rodeada por um banco de pedra tosca, onde o José pendurava um espelhinho de campanha para se barbear nos dias de festa; as faias do caminho por onde um dia se aproximou um índio a cavalo, coberto com uma capa, e as duas figueiras do terraço de baixo, perto das quais minha mãe se sentava quando vinha de férias, cruzando os pés pelos tornozelos, para fazer tricô ou contas num pequeno caderno vermelho enquanto eu subia nos galhos; e o cipreste da esquina, a árvore mais alta da casa, rodeado de evônimos e louros, cuja sombra pousava nas minhas cobertas nas noites de lua de agosto. Todo o caminho de olmos em frente à fachada principal tinha sido destruído na guerra, e quando o senhor Huesca parou o carro em frente à porta, tive a sensação de que a casa, à medida que eu crescia num instante, mudava de cor e diminuía, como obedecendo àquelas mudanças de tamanho que gatos e coelhos sofrem nos desenhos animados. Eu tinha vivido entre a fachada e os olmos, sem saber o que era mais alto; agora que os olmos tinham desaparecido e a casa estava rodeada por uma planície fumegante, reduzida a dimensões modestas, compreendia até que ponto as glórias familiares, todo o passado delirante que se repete de boca em boca através de gerações inconscientes, são apenas transposições para o reino infantil de um relato exagerado. Durante anos tínhamos vivido à sombra daquele passado familiar, elogiado e cantado pelas mulheres na hora de dormir; mas quando a falência cai sobre uma família raramente desperdiça uma oportunidade para rir dela enquanto derruba com uma última patada todos os homens que a formavam, para deixá-la reduzida a um coro de avós ocas e tias ocas e filhas que vão ficando ocas e agudas com os cantos paroquiais nos calvários sombrios, que pretendem justificar sua natureza sibilante destilando nos assombrados ouvidos infantis as grandezas de uma história familiar mais ampla que a romana: a constituição fabulosa de um avô robusto como um Cipião, sua coorte de pretores e cônsules, criados e cavalariço; as caçadas de antanho, as correrias de um filho rebelde como um Catilina, elegante, rico, generoso e sedutor como um Antônio, afastado, expatriado e heroicamente desaparecido como um Régulo. Eu tinha voltado para Baalbec para ver um jardim destruído, uma chaminé torta, torneiras secas, as manchas de umidade nas paredes de uma sala encolhida, um balcão de metal *deployé* com as lâminas soltas, enferrujadas e estragadas; uma fachada cheia de buracos por onde vazava o conteúdo de uma fábrica de entulho solto e madeira podre.

A primeira dificuldade consistia, segundo o senhor Huesca, numa duplicidade de documentos relativos à propriedade de uma herdade, chamada Burrero, de uns 6 hectares de extensão. Eu o levei para ver Burrero, que ele não tinha sabido localizar; era uma das várzeas altas, junto a um caminho que cruzava o rio com uma desaparecida pinguela e ladeada por alguns cômoros onde, no meu tempo, sempre se encontravam restos de fogueiras. Embora o título estivesse em seu nome por tê-lo adquirido do ex-proprietário, o senhor Fabre, antigo morador de Región, que o tinha comprado e repassado para a minha avó, existia uma reclamação por parte de uma tal senhorita Cordón, também moradora de Región, que alegava ter em seu poder documentos que testemunhavam que o citado terreno tinha sido adquirido por sua falecida mãe da viúva de Benzal, no ano de 1915.

— Mil novecentos e quinze?

— Sim, acho que é isso.

— É estranho; no ano de 1915 eu ainda vivia na casa e Burrero continuava pertencendo à minha avó. Muitas tardes eu descia até lá para lanchar e ver os ciganos. Foi o último ano que passei em San Quintín. E foi no mesmo ano, tenho certeza disto, que...

— Foi no mesmo ano..., o quê?
— O que você ia dizer?
— Você ia dizer que foi no mesmo que..., e se calou.
— Não, nada; estava pensando em outra coisa.

Foi no mesmo ano que morreu o meu tio Enrique, o mais velho dos irmãos. Tiveram que tirá-lo dali doente, quase agonizante, e levá-lo para um hospital, onde durou apenas quatro meses. Poucos meses mais tarde minha mãe o seguia ao túmulo, arrastada por uma doença galopante.

A própria senhorita Cordón tinha avisado Ramón Huesca sobre a existência daqueles documentos assim que ele começou a abrir os primeiros canais, a fim de impedir maiores prejuízos. Contou-lhe — assim me falou o próprio Huesca — que na infância tinha ouvido a mãe falar alguma vez da compra do Burrero, queixando-se de que só tinha servido para lhe trazer mais desgostos, embora a sua mãe — assim confessava com a maior franqueza — nunca tenha se preocupado em deixar as coisas claramente assentadas e sempre tenha se referido a Burrero com termos vagos, desencanto e resignação, como dando a entender que ao final lamentava a posse.

Quando os terrenos foram comprados por Huesca por um preço qualquer, alto ou baixo, dava na mesma, porque não se imaginava que a partir de 1920 alguém fosse deixar ali nem sequer uma peseta, ela achou que havia chegado o momento de formalizar uma reclamação, nem tanto por iniciativa própria — certamente imbuída do mesmo espírito de indiferença e fatalismo e até rancor contra uma terra que sempre se mostrou hostil aos seus habitantes — mas pela influência de um sobrinho que vivia na capital, que acabava de estrear na carreira de Direito e estava desejoso de colocá-la em prática. Mas a senhorita Cordón estava muito longe de se ater às sugestões do sobrinho (nem seu estado de espírito, nem suas economias nem a imprecisão dos documentos comprobatórios lhe permitiam alçar um processo judicial, que teria sido recebido — e ela não se atrevia a assegurar onde, se no velho juizado ou no abandonado posto da Guarda Civil, ou na última sobreloja onde havia uma placa de advogado — com a mesma inapetência e incredulidade como se tivesse entrado para formalizar sua inscrição num concurso de natação na antiga sede da Comissão de Festejos) que, da capital, sem dúvida ignorava que tipo de homem podia ser um oficial do registro encarregado da execução do título, que dormia havia 15 anos ou mais numa velha poltrona de couro esfarrapado com os pés apoiados em pilhas de pastas que deviam conter todos os atestados da época mineira e do balneário e que durante muito tempo haveriam de constituir o único alimento, quase o prato único, imposto por um cerco tenaz, de todas as ratazanas da província; porque juiz e notário tinham desaparecido fazia tempo e se algum deles continuava vivo (já que ninguém se lembrava de tê-lo enterrado), ainda devia estar, apagada já mais que toda sua sede de justiça, toda a mecanográfica inspiração para pronunciar, sentado em frente a uma mesa singela coberta de damasco vermelho, sentenças sensatas que guardassem pelo menos alguma relação com os depoimentos de testemunhas arrastadas pelo vínculo da amizade, pelo apego à terra e pela generosidade de seus corações, enfiado debaixo da mesa ajudando-se com o vinho a pensar onde podia ter radicado a sentença da justiça; e o advogado devia continuar escondido no último e mais escuro canto da sua sobreloja, engolindo pó de giz e tossindo, doente da cabeça, desvairante e com os pulmões abrasados pela silicose de segundo grau causada pelo repentino e excessivo gosto pela matemática que adquiriu depois de ficar uma semana sem clientela.

Conformara-se no momento em avisá-lo da existência desses documentos e da reclamação (e deve tê-la ouvido sem se atrever a olhar para o seu rosto, envergonhada e resfriada, para esconder nariz e olhos) da devolução do mesmo valor que sua falecida mãe tinha entregue à viúva de Benzal, a título de depósito provisório garantido pela propriedade de Burrero: 12 mil pesetas.

Era uma das poucas pessoas que ainda vivia em Región, na antiga casa dos meus avós, ocupando a cozinha e uma sala de estar dos cômodos primitivamente destinados aos serviços. Toda a casa estava depenada e destruída, num arrabalde desabitado, e a pobre mulher vivia rodeada de miséria, na mais desumana solidão; não saía do quarto ao lado da cozinha, sem móveis além de uma mesinha coberta com uma toalha verde, onde havia uma caixa de costura e um modesto aparador de pinho onde guardava uns restos de comida: frutas murchas e um prato de feijão. Ali conservava também os objetos de luxo herdados dos pais: um velho despertador parado, um calendário de propaganda de uma fábrica de farinha, um rosário de pedras falsas com uma cruz bizantina e um copo de madeira esculpido a faca. De uma gaveta do aparador tirou uma velha caixa de frutas cristalizadas, que continha todas as suas riquezas e todos os papéis do testamento; era uma pequena folha de papel-tela quase transparente que tinha amarelado, tinha as dobras negruscas e uma mancha de gordura abaixo do cabeçalho em relevo do meu avô; estava datado em San Quintín, em 18 de agosto de 1915 e, com uma letra bem definida, rápida e elegante, minha avó tinha escrito:

> Recebi de dona Eulalia Cordón a quantia de 12 mil pesetas, referente à transferência do Burrero. Autorizo dona Eulalia Cordón ao usufruto e livre utilização do Burrero e todos os seus pertences até a reposição deste depósito, que me comprometo a efetuar antes de 18 de novembro de 1915.
>
> Blanca Servén de Benzal.

— Nada mais?

— Há uma outra carta. Havia outros papéis também. Minha mãe os guardava, mas quase todos se perderam quando da mudança de casa.

— Que casa?

— Esta.

Era um papel de tamanho ofício, sem cabeçalho, escrito com a mesma letra pequena e rápida, utilizado apenas na metade direita, com as linhas muito espaçadas; estava datado em 7 de outubro de 1915 e, tratando-a de "minha querida Eulalia", a minha avó se queixava de um sem-fim de dificuldades para devolver-lhe o dinheiro na data prevista, por isso suplicava que fosse concedida uma ampliação do prazo de 90 dias, autorizando-a, como era de se esperar, a utilizar indefinidamente o Burrero e inclusive procedendo — assim sugeria minha avó — à formalização legal desse compromisso, se ela assim o quisesse.

— E isso é tudo, senhorita Cordón...

— Não me chame de senhorita Cordón — tinha se voltado para a janela e nos dava as costas ao falar.

— Quero dizer... isso é tudo?

— É tudo o que tenho, não lhe parece o suficiente?

— Não sei, senhorita...; não sei. Suponho que será o suficiente para demonstrar que a viúva de Benzal ficou devendo 12 mil pesetas à sua mãe.

— Você quer dizer que a minha mãe ficou em posse do nome; ou seja, do título do Burrero — virou-se para nos olhar com malícia.

— Não sei — era difícil dizer; era muito mais fácil despedir-se dela como defensores da sua causa, embora tivesse que dirigir a apelação ao silêncio das sepulturas enterradas debaixo de dois palmos de terra.

— Já disse, senhor, que eu não quero ir ao tribunal. Eu só queria que o senhor soubesse.

Havia que sair de uma maneira ou de outra. Embora ainda não tivesse me apresentado — e assim pedi a Huesca —, sentia sobre mim o peso de uma vergonha da qual ele era testemunha. Disse-lhe alguma coisa sem pensar, uma coisa que uma vez dita ficou flutuando no pequeno cômodo e me carregava com o peso da responsabilidade de pagar 12 mil pesetas para preservar o nome da família frente a um desconhecido. Tinha pressa em ir embora dali; tentava fugir do seu olhar vítreo e malicioso (e repetindo para mim: "Eu só queria que vocês soubessem..."), escondido no canto do aparador dando voltas no copo de madeira: era uma espécie de vasilha inca para pulque,* esculpida a faca com gosto primitivo e traços retangulares com uma cara de mulher num lado e um "E" intercalado no outro.

---
*Bebida fermentada, feita a partir da seiva do agave, tipicamente mexicana. (*N. da E.*)

— Era da minha mãe. Tínhamos muitos objetos como este, mas quase tudo se perdeu na mudança da casa.

Não nos acompanhou até a porta; permaneceu à janela, olhando para o céu com o cenho franzido, perfeitamente indiferente e tranqüila quanto ao resultado da visita.

— Bom, talvez tenha lhe entregado um anel — disse Huesca —, abrindo a porta do carro para mim.

Eu não o ouvia.

— Um anel? Por que um anel?

Não me decidia a subir.

— Um anel ou um pingente ou um bracelete. Qualquer coisa que servisse para saldar a dívida.

— E o terreno?

— Não, o terreno, não — não parecia falar por interesse nem sequer ficou satisfeito com isso, mas sim, melhor dizendo, incomodado por sua própria segurança.

— Tem certeza de que o terreno não? — a resposta me era indiferente.

Abri a porta, peguei o ramalhete, que tinha ficado no assento traseiro, e bati de novo na porta da casa. A senhorita Cordón apareceu pela fresta da porta, me olhando com o mesmo cenho franzido.

— Conheci, faz anos, os seus pais. Pode levar este ramalhete ao túmulo deles, como lembrança minha?

— Obrigada — disse, fechando a porta.

Tinha começado a chover, e o senhor Huesca fechou a capota do carro.

— Ia estragar — disse-lhe, quando ligou o carro. — Não parece que o tempo queira limpar.

Era um carro antigo e conversível — que podia ter pertencido a um campeão de tênis — que o senhor Huesca, embora cuidasse com esmero, enfiava por todos os caminhos. O campo estava encharcado; não se via uma alma, nem em toda a extensão da nossa vista o menor sinal de plantação; a guerra tinha destruído todas as árvores da planície e desde então só havia desordenados maciços de arbustos e caules retorcidos, incapazes de sustentar o seu próprio peso, bosques de cardos, azaléias venenosas e velhas e ferruginosas peônias, declives e lombadas cobertas de lama.

— Conheceu a sua avó, senhor Huesca?

— Sim; é claro que sim; minha avó paterna morreu quando eu tinha 15 anos.

— Como ela era?

— Como assim como era? Era uma mulher humilde que só pensava na sua casa e nos seus. Acho que nunca saiu do povoado.

— Seria muito devotada ao dinheiro?

— Suponho que sim, suponho que seria tão devotada que nem sequer o conhecia. Como todas as avós. Eu acho que a enganou...

— Quem enganou quem?

— Que minha avó a enganou. Nunca lhe devolveu o dinheiro.

— Quem sabe; pode ser que tenha lhe dado uma jóia.

— Não. Minha avó não era mulher de deixar as coisas pela metade. Se tivesse lhe dado alguma coisa, o papel não teria ficado em poder da Eulalia.

Como me olhava com estranheza, tive que explicar:

— Eulalia Cordón era uma pobre mulher, que morreu louca. Era a filha dos caseiros de San Quintín.

IV

— Bem, não acho que na minha idade eu deva quebrar a cabeça tentando adivinhar o que uma senhora complicada como a minha avó fez em 1915.

Tínhamos acabado de jantar, muito simplesmente, na velha, quase despida, sala de jantar familiar. Estava iluminada apenas por uma lâmpada com uma tulipa branca que destacava nas paredes as sombras dos móveis que tinham estado ali até a guerra acabar com tudo; a sombra do grande balcão emoldurado (que no tempo do meu avô era decorado com três fileiras de bandejas de prata) decorava a parede do fundo como o sórdido arco aristocrático abrindo-se para o jardim numa comédia elegante montada num cenário provinciano.

Ramón Huesca vivia sozinho, com um casal que tinha trazido da sua terra, enquanto tentava pôr a casa em condições para receber toda a família. Mas naquela noite se deu ao trabalho de trazer lenha seca e uma garrafa de conhaque barato, bem como de arrumar duas poltronas que tinha encontrado sem estofo no lenheiro. Eram duas poltronas de vime, para sentar ao ar livre, em cujo braço eu me encarapitava quando menino para me jogar sobre os ombros da minha mãe.

— Será mais fácil considerar o recibo não pago e tentar ajudar aquela mulher. É preciso ajudá-la, é preciso ajudá-la a saber o que quer.

— Mas não é só isso, não é pelas 12 mil pesetas. O importante, mais do que saber o que aconteceu com o Burrero, são os termos. Porque humanamente não há maneira de saber o que era San Quintín.

— Nota-se que você não é daqui. Mas você acredita que a senhorita Cordón aceitaria amanhã a restituição desse terreno?

— Pelo menos das 12 mil pesetas.

— Não sei. Atrevo-me a achar que não é isso. O que eu sei é que ela tem medo.

— Medo? Medo de quê?

— Medo de que qualquer um possa entrar na casa dela com 12 mil pesetas para dizer: "Aqui está, pegue. Assine aqui e este assunto está acabado." Medo de ter que pôr num papel Eulalia Cordón, se é que assim se chama e sabe fazê-lo. Ou simplesmente de que a chamem senhorita Cordón. Você viu a forma como deu as costas para nós?

Tínhamos nos sentado perto de um fogo vacilante, tomando café de lata e uns cálices de conhaque. A chuva havia amainado, e uma claridade fraca entrava pelas janelinhas do fundo:

— Você notou como falava da mudança de casa? Dir-se-ia que tiveram que sair numa noite com os colchões nas costas, fugindo das águas ou da peste. É certo que você não é daqui e não pode compreender o que significa a terra para os que (não sei muito bem como) continuam decididos a não abandoná-la..., ia dizer sem nenhuma razão: não. A ignorância, o medo ou a fatalidade são os únicos motivos. Mas você não é daqui e nunca poderá sentir a intensidade daquela falência...

Falávamos pouco; ele segurava o cálice um pouco elevado, afundado na poltrona de vime, olhando para as sombras do teto com uma interrogação. Tampouco era fácil dizer a um homem que talvez tenha gastado um quarto de milhão que teria sido a mesma coisa fixar-se ali e colocar um letreiro: "Propriedade do Ramón Huesca" com a mesma despreocupação legal com que Colombo cravou a cruz e o pendão de Castela para tomar posse de um continente. Na fumaça e nas sombras do teto e na claridade fosforescente do fundo, parecia continuar esperando umas palavras de ânimo, uma opinião aprovadora.

— Os limites, que importância podem ter? Ponha amanhã uma cerca por onde mais ou menos acha que passam. Demorarão para perceber, mas com um pouco de sorte talvez ao cabo de alguns anos um conterrâneo o visite dizendo que quer demoli-la.

— E então?

— Tanto faz; depende de você.

— E o conterrâneo?

— Se for o caso de derrubá-la, eu pediria que incluísse também a parte que pertenceu ao seu falecido pai.

— Em troca de quê?

— Em troca de nada.

Baixou os olhos, sacudiu as cinzas que tinham pousado na sua calça. Não devia estar longe de entender nem resistia a isso. Teria lutado contra isso se tivesse sabido por que motivos fazê-lo, mas a única coisa que sabia é que estava sozinho, inclusive abandonado por uma mulher que àquelas horas estaria dormindo tranqüilamente, com a porta do quarto das crianças entreaberta, tecendo em sonhos um sem-fim de farisaicas exigências sobre o arranjo da incompreensão: "Sim, vê-se que você não é daqui, porque está acostumado a trabalhar a terra, tirar dela o seu fruto, comprá-la e vendê-la. Mas aqui a terra não se paga. Aqui a gente a teme, a odeia e se esconde dela; por que o senhor acha que vivem às escuras, escondidos nas suas choças e embriagados de *castillaza*? Por que acha que se limitam a colher algumas ervas, depois do crepúsculo, ou a ir ao monte matar um gato? Por quê? Hein? Por quê?"

— A terra é tão ruim assim?

— Ruim, não; hostil.

— Hostil..., hostil; o que isso quer dizer? Sem dúvida você sabe melhor do que eu; mas até que ponto chegam as superstições?

— As o quê...? As superstições?

— Como queira chamar.

— Tem razão, pode-se chamar assim. A única certeza é que as coisas são como são. Tanto melhor para você se pode haver um bom negócio deixando as coisas como estão.

— Não.

— O que é que não?

— O negócio.

Tinha ficado pensativo, o olhar baixo. Parecia ter chegado ao momento em que é preciso responder de uma vez por todas a uma pergunta por longo tempo guardada, cujo sentido, a princípio irrelevante, foi pouco a pouco se complicando até colocar em dúvida toda a capacidade de resolução.

— Trata-se de viver de uma maneira decente. Isso é tudo. Mais que o negócio, mais que tudo.

— Mais que tudo? Bem, adiante. Você é jovem e veio aqui para isso. Ou lhe parece muito trabalho para um homem só?

Entortou a boca e bebeu o que restava no cálice. Pegou a garrafa pelo gargalo e sem perguntar nada encheu de novo os dois cálices.

— Sim; no entanto, isso não é tudo.

— Não sei; mas parece pouco?

— Não, não me refiro a isso. Isso é coisa exclusivamente sua. Tudo o que eu possa dizer há de lhe servir de muito pouco. Mas me referia a outra coisa, me referia à carta. Que necessidade tinha a minha avó de escrevê-la?

— Aumentar o prazo; manter a mulher tranqüila.

— Em sete de outubro? A cinqüenta dias de um prazo de noventa? Não. De um prazo de noventa dias (falo por experiência, infelizmente), os primeiros oitenta se ocupam no dinheiro. Durante os outros dez há que se pensar na forma de devolvê-lo. Que necessidade tinha a minha avó de escrever uma carta em sete de outubro para uma pessoa que vivia a um quilômetro de distância e podia vê-la diariamente se lhe desse na cabeça?

Não me ouvia. Levou outra vez a mão à garrafa.

— Não, obrigado. Para mim já chega.

— De todas as formas, por mais estranho que seja, o que está acontecendo agora é mais estranho.

— O quê?

Fez um gesto amplo, tanto geral quanto vago: "Isso. O medo por toda parte. De que a terra não valha nada. Que as pessoas queiram se desfazer dela como se em vez de um prado houvesse um tigre. Que as pessoas só sirvam para se embebedar e matar gatos à noite, para comê-los ou para enforcá-los...

— Um dia se dará conta, senhor Huesca, embora... melhor seria que nunca precisasse compreender.

Estava calmo, com uma perna cruzada e as mãos no peito. De repente quis forçar uma expressão de malícia.

— E você veio por causa disso? E veio precisamente por causa disso e só por isso?

— Por quê?

— Porque isso é assim e nada mais. Por que outra razão você acha que um alpinista sobe até um pico inexplorado? Porque está ali e nada mais.

— Não sei; imagino que o simples fato de estar ali é um desafio.

— O senhor mesmo disse, um desafio...

— Neste caso, o que quer que eu diga?

Eu tinha me levantado, deixando o cálice no chão:

— Neste caso só me resta calar: você sabe tudo o que tem que saber.

— Tudo?

— Eu diria que sim. Precisa subir ao pico; suponho que sabe onde terá que pôr os pés.

— Só isso? — repetiu, sem afastar o olhar, com as mãos tranqüilamente entrelaçadas sobre o peito.

— Passou muita fome na sua vida, senhor Huesca?

Assentiu com a cabeça:

— Que importância tem isso agora?

— Pode ser que não tenha, é certo. Mas você não viveu nunca na falência. Não na miséria, na falência. Não me refiro ao fato de que um dia possa ficar sem um centavo, é muito mais do que isso. Porque isso, ao fim e ao cabo, não é mais que um episódio; se for o último, isso é tudo. Se não for o último, torna-se a recomeçar, e pronto.

— E que outra coisa pode ser?

— Tudo, senhor Huesca; tudo. Estou falando da falência, que as pessoas deixem de ser pessoas; que as casas deixem de ser casas; que a comida deixe de ser comestível, e não se possa arar a terra. Que os pais se entreguem à *castillaza* para não se verem obrigados a devorar os filhos e os filhos voltem para a caverna. Tudo, senhor Huesca. Que tudo venha abaixo. Que você fique sem vida. Vivo, mas sem vida. Sem nada o que fazer nem ninguém com quem falar. Porque quando se chega a esse estado de falência é melhor não ter nada, a não ser a certeza de que se chegou ao fundo. É melhor não ter nada: nem casa, nem mãe, nem fé, nem lembranças, nem esperança, nem sequer um mau pedaço de terra onde fincar o arado a cada dois anos; porque todas as coisas carregam dentro de si a possibilidade de falir, e o pouco que alguém tenha o afundará ainda mais assim que se descuide. E você, você sabe o que está em jogo? Você sabe que se arrisca tudo? Tudo o que se esteve tentanto evitar e conseguir desde que nos comíamos uns aos outros no fundo da caverna? Conforme-se com o que tem, senhor Huesca, porque no dia em que, considerando um bom negócio o que o conterrâneo vem lhe propor, você chegue a multiplicar por dois a extensão do seu imóvel, não será um tigre, mas toda a Bengala que o senhor vai meter em sua casa.

— E, embora assim seja, há exceções. E por que não ia ser uma exceção?

— Oh, claro! Digo apenas que eu não gostaria de ser uma exceção.

Eu tinha me levantado pela segunda vez, aproximando-me da janela: toda a planície de Región parecia banhada numa claridade prateada, fosforescente no horizonte, no silêncio e no aroma — sem vento nem sussurros noturnos nem ruídos de árvores — das atlântidas submersas, última aura de todas as planícies quiméricas, onde um dia existiu e deixou de existir uma civilização.

— Meu avô foi uma exceção. Sua fortuna durou apenas trinta anos. E acho que se tivesse podido prever de antemão um destino tão breve, apesar de ser um homem excepcionalmente dotado para os negócios e a aventura, não teria movido um dedo para forjá-la. Pelo menos eles — os aventureiros do tempo do meu avô —, embriagados com seus próprios investimentos e enfeitiçados pelas novas indústrias e ferrovias e explorações mineiras, achavam que suas fortunas iam ficar como símbolos da pátria, mais imperecíveis que as estátuas dos libertadores. Quando a minha avó escreveu aquela carta devia estar totalmente falida, tão destruída a ponto de transformar os princípios de uma moral rígida no artifício necessário para enganar uma pobre desventurada e despojá-la de todo o dinheiro que guardava debaixo da cama. Porque não deve ter sido fácil para a minha avó. Conforme ela mesma contava, Eulalia Cordón se transformou numa bruxa desmemoriada que se jogava embaixo da cama para apertar a caixa de dinheiro cada vez que ouvia passos perto da casa; aquele dinheiro que, num dado momento, deve ter sido o último que restava em toda San Quintín. Mais ou menos na mesma época, minha avó lhe cedeu a casa que tinha desocupado em Región para evitar que uma pessoa assim vivesse na nossa vizinhança, na entrada da casa.

— Talvez tenha sido isso que....

— Não. Ela não teria dado 12 mil pesetas pela troca. Certamente foi forçada a fazê-lo. Mas veja você como até as próprias pessoas se transformam em outra coisa: a minha avó, que era a própria retidão..., é o primeiro sintoma. A transformação da razão de viver se opera com a mesma rapidez, talvez maior; porque no princípio se pretende esconder o desaparecimento da antiga razão, mantendo, se possível, o mesmo comportamento. Depois, quando a dissimulação se infiltra nos costumes, pouco demora para se transformar na verdadeira senhora. Pouco demora para engendrar a hipocrisia, o erro e..., você sabe, o delito, a fraude, como queira chamar. No momento em que a razão de viver tinha descido das sociais e industriais elucubrações de um avô magnata para a confecção apressada de um traje de *soirée* (aproveitando alguns retalhos multicoloridos que cheiravam a naftalina) para a única tia apresentável numa anacrônica noitada provinciana da velha classe (cuja fortuna conjunta não teria então alcançado as 12 mil pesetas daquela louca), na qual era lançada como o anzol do domingueiro amador no suburbano pântano que jamais deu um peixe, visitada todo domingo por uma centena de domingueiros amadores, em que outra coisa a minha avó ia pensar, a não ser em conseguir fosse como fosse aquelas 12 mil pesetas, a única truta que restava em toda a comarca e que passeava na sua própria represa? E foi aí que a minha família, senhor Huesca, foi exceção: porque a morte (uma morte aparentemente digna) lhes chegou na sua própria casa, sem necessidade de ter que se esconder num canto, com a garrafa na mão. Veja só que aspirações mais modestas. Você conheceu muita gente, senhor Huesca, que morresse no leito do seu pai? Eu, não. Eu, ninguém. Não quero dizer que isso seja uma grande coisa. Ao contrário, é quase ridículo; mas... por que uma família dura no máximo três gerações? Conheceu muitas famílias (quero dizer, a casa, a terra, a propriedade, as lembranças, a própria educação e os próprios objetos que passam de pais para filhos, inclusive as inimizades), conheceu muitas famílias que tenham perdurado por mais de três gerações? Eu, nenhuma. Deve ser porque não conheço nenhum rei ou nenhum duque, ou, pelo contrário, será porque não tive a sorte de nascer no lar do lavrador mais honrado. Mas me pergunto às vezes que tipo de maldição arrastamos nós que não pertencemos a uma classe nem a outra. Por que isso é assim, senhor Huesca? Por que não temos outra saída, breve ou demorada, a não ser a decadência? Por que não sabemos fazer outra coisa além de preparar a mesa para o seu festim? Por que é assim, senhor Huesca?

V

Os primeiros desgostos devem ter chegado para o meu avô por causa da própria ferrovia em cuja construção contribuíra na juventude. O meu avô, empurrado tanto pela família política como pelo seu próprio e maligno interesse em superá-la, ajudá-la e inclusive subordiná-la, tinha dividido a sua fortuna entre a casa, as minas e a ferrovia, acreditando que jogava em três planos distintos. Depois de quatro anos sabia que os dois últimos eram do mesmo tipo (e de cor vermelha); mas, pelo menos, morreu acreditando, convencido já de que todo o pacote de ações da ferrovia e do Conglomerado Metalúrgico valia tanto quanto os cartões que a sua filha mais velha pintava, que deixava uma casa e um imóvel que permitiria viverem mais que folgadamente dez gerações de Benzales se soubessem se manter próximos à terra, afastando de suas cabeças todas as elucubrações industriais. A esse respeito, as primeiras inquietações que assaltaram o velho vieram do lado do filho mais velho, o famoso tio Enrique. Quando teve certeza de que Enrique tinha morrido, deve ter ficado mais tranqüilo, considerando que, com o desaparecimento do único filho esbanjador, jogador sem sorte e cabeça desgarrada da família, a continuidade da casa e da fortuna estava assegurada e garantida pelas virtudes domésticas das mulheres.

O tio Enrique tinha abandonado o lar paterno antes de eu nascer. Seu nome só se pronunciava na casa quando a minha avó ou as minhas tias se viam obrigadas a fazer uso das palavras supremas para me repreender e me manter por perto.

— Fique quieto. Não vá me sair como o tio Enrique.

Quando a minha mãe vinha a San Quintín para passar três ou quatro dias de descanso, eu a recebia com todo o repertório de perguntas:

— Mamãe, o que aconteceu com o tio Enrique?

— Foi embora, filho; para muito longe. Agora vá dormir.

— Para onde ele foi, mamãe?

— Para a América, filho; vê se dorme.

— Onde fica a América?

— Do outro lado do mar. Muito longe.

— E por que o tio Enrique foi para a América?

— Você vai ficar acordado a noite toda, filho?

— Ele era mau?

— Ele quem?

— O tio Enrique. Por que ele era mau?

— Não era mau, filho. Quero que durma, certo?

— Por que a vovó diz que ele era mau?

— Vou apagar a luz, e não quero ouvir nem uma palavra mais. Boa noite, filho, descanse.

Minha mãe e o tio Enrique devem ter sido os dois irmãos que se davam bem. Eram o mais velho e a mais nova separados, como as ribeiras da Itália, por uma cordilheira de irmãs ossudas e rígidas que lhes fechavam a vista e mal os deixavam mover-se. Passando por cima das loucuras que o tio Enrique deve ter cometido e da série de complicações em que deve ter se metido — e que ao chegar a um ponto de ebulição devem tê-lo obrigado a abandonar o próprio lar —, o certo é que foram as únicas pessoas da família que quiseram viver com um pouco de alegria: eram os únicos, ainda na infância, que fugiam da casa, iam à colheita de uvas ou agarravam o cavalo a trote pelo caminho, com o criado na garupa pulando como uma marionete; porque, como a minha avó dizia, "nunca nem Emília, nem Branca, nem Carmen lhe deram o menor desgosto". Carmen era a anterior à minha mãe; uma beleza sem graça, frágil e nervosa, que roía as unhas, sofria de insônia e manteve, durante toda a sua vida, a casa em permanente alerta farmacêutico, mas que, paradoxalmente, chegou a ser a última sobrevivente, talvez porque tivesse conseguido, por força do dramatismo musical — para o qual se acreditou predestinada desde os 16 anos e com o qual se inoculou o resto da sua vida —, transformar suas entranhas em parafina; morreu no ano de 1944, herdeira universal de todas as dívidas contraídas pelos Benzal, sem ter conseguido interpretar corretamente nem uma única vez o adágio da sonata *Waldstein*.

A época mais feliz da minha mãe — aliás, a única — ocorreu entre os últimos anos do século passado e os três ou quatro primeiros deste, e nem tanto porque ela estivesse então com os seus 16 ou 22 anos, mas porque sua juventude coincidia com o despertar daquela primeira geração nascida num momento único. Eram os filhos dos primeiros colonizadores que ("E o que é uma geração, senhor Huesca, frente ao que a espera, senão um grupo de pessoas condenadas a nascer no mesmo momento, condenadas a sofrer a mesma época e a mesma sorte? O que pode ser uma geração senão premonição, prefiguração e coletiva demonstração de um fracasso? Não percebe, senhor Huesca, que o pouco que escapa ao fracasso escapa também às gerações?") podiam começar a rir das loucuras dos pais, porta-vozes inconscientes de um destino que começava a insinuar neles as primeiras caretas atrozes da farsa. Não nos salões do Cassino nem nos bailes de jovens organizados por eructantes tias que tomavam chá, sem ter adaptado o organismo, apenas por razões sociais, porta afora: corriam entre os sobreiros de San Quintín, tiravam de noite os cavalos das cavalariças paternas e... banhavam-se no Torce. Minha mãe e meu tio Enrique, inclusive, entraram mais de uma vez no automóvel que um jovem de Región comprou para fazer excursões pela estrada entre El Salvador e aquele famoso balneário (deviam entrar umas 15 pessoas)... E, sem dúvida, viveram mais de uma daquelas noites insensatas que haveriam de acabar com toda a fortuna dos pais e todos os afãs sociais das tias empoeiradas e eructantes. Pelo mesmo motivo que não foram aos bailes do Cassino e às festas de beneficência, aos quais os irmãos iam estritamente vigiados pela tia Emília e pela tia Branca, "o casal de serviço", foram às noites daquele meteórico falso balneário onde se condensou a eletricidade suficiente para carregar a tempestade que devia arrasar Región e toda a comarca, sepultada sob dois palmos de barro e cinza. Ali os meus pais se conheceram. Os dois irmãos fugiam à noite, refugiando-se na casa de Cordón, onde escondiam os trajes de noite e as fantasias, para vestir-se no pequeno quarto do casal e ir ao encontro de automóvel, escondidos no porta-bagagens do velho reboque. Mais de uma vez minha mãe entrou na sala com o cabelo cheio de palha, o tio Enrique sacudindo os grãos das meias. Uma vez, ou mais de uma vez, levaram também Eulalia, a filha de Cordón, que olhava boquiaberta para o traje da minha mãe, segurando a vela; minha mãe lhe deixava um vestido, a penteava e empoava apressadamente, aconselhando-a a não tirar as luvas, "e não vá fazer isto e não vá fazer aquilo, e quanto ao jovem Adán, deve dizer a ele que...", enquanto lhe ajeitava a roupa, entre o assombro e a conivência do velho casal. Entrava no salão principal boquiaberta e um pouco maquiada (com olhos profundos de uma beleza repentina) de braço com o meu tio Enrique, para voltar à casa dos caseiros ao amanhecer, rindo e ainda dando voltas. Enquanto trocavam de roupa, a senhora Cordón lhes preparava um pouco de leite quente ou um lanche leve, alguma coisa que desde aquele primeiro "por que não entram para comer alguma coisa?"

foi se tornando para todas as pessoas do automóvel o prolongamento imprescindível, café-da-manhã e epílogo, e mesmo um segundo e mais íntimo baile na cozinha do velho Cordón.

Quando minha mãe decidiu se casar — não tinha ainda completado 20 anos — só encontrou apoio no tio Enrique. Ele foi o primeiro que falou do assunto com o pai, que tentou por todos os meios levá-la à razão — abandonada já toda esperança de compreensão —, tentando arbitrar um passo sobre o abismo de duas atitudes obstinadas. Infelizmente, o jogo e a bebida e o desinteresse pelos assuntos paternos tinham, aos olhos do meu avô, aureolado de tal forma o meu tio Enrique que todo o interesse dele só serviu para aumentar o abismo e fechar os avós na atitude mais ridícula. Mas, ao final, ajudou-a a arrumar um enxoval modesto, facilitou sua saída da casa e apadrinhou suas bodas numa paróquia humilde dos subúrbios de Región.

Quando, depois de quatro anos, a minha mãe teve que voltar para San Quintín viúva e com um filho que não tinha nem um ano, o tio Enrique já tinha desaparecido, e o avô tinha morrido. Teve que fazê-lo obrigada pela total carência de recursos e pelo precário estado da minha saúde, necessitada de ar puro e alimentos frescos. Quando, aos quatro anos, já estava familiarizado com a casa e as tias, começava a ler e a minha saúde se robustecera ao lado do velho José, minha mãe não hesitou em deixar a casa de novo e buscar um trabalho na capital, que nos havia de permitir, chegada a hora, viver independentemente e custear os meus estudos. Por isso, a partir do momento em que tivemos que viver separados, não nos vendo mais que 60 dias por ano, meu carinho para com ela foi crescendo até um ponto provavelmente exagerado e doentio.

Com a morte do avô e o desaparecimento dos dois filhos alegres a casa entrou em declínio. Os únicos empregados que ficaram ali foram o velho José, já quase perdendo a fala e as expressões faciais, e a Vicenta, uma cozinheira semi-surda e tão carola que ainda me assombro de que se pudesse jantar alguma coisa naquela casa que não círios e calvários; é bem verdade que a sopa que ali se ingeria, num silêncio de sacristia — sob a luz de um abajur de franjas que tinha substituído o grande lustre — compassado pelos sorvos da minha avó e coreado pelas tias da mesma forma que no rosário familiar, tinha tanto valor nutritivo — como não me lembro quem chegou a dizer — quanto o fio do escapulário que a velha Vicenta introduzia todas as noites na panela quando a água começava a subir. Desapareceram móveis e fecharam-se quartos inúteis; toda a casa se reduziu a quatro dormitórios, uma sala de jantar e a sala de estar, assim como o salão de festas, sempre fechado, preparado e conservado para a meia dúzia de recepções anuais e noitadas de bom-tom com que a minha avó pretendeu afastar durante alguns anos o fantasma da decadência. A casa foi ficando oca, dobrando-se e aumentando; se foi cobrindo de pó e manchas de umidade, escápulas mortíferas apareceram pelos corredores em penumbra, e umas cortininhas furadas inchavam e desinchavam ao compasso dos torturados adágios, malogrados ecos de Weber e Beethoven com que minha tia Carmen se demonstrava capaz de adiantar a seu desejo a hora do crepúsculo.

Na casa de Cordón só ficou uma pobre mulher repentinamente envelhecida e encarquilhada. Minha avó tinha me proibido de rondar a casa; ela era um espectro cor de lã crua que pelas manhãs saía para recolher feixes de lenha e gravetos debaixo dos olmos, correndo para refugiar-se na cabana assim que se ouviam passos sobre a folhagem; que deixava passar as tardes sentada num canto no chão, contando uma e outra vez o dinheiro que guardava na velha caixa de frutas, vestida com um velho traje de noite esfarrapado, de amplo decote e cor muito azul, ou olhando para o teto, balançando a cabeça desgrenhada e cantarolando entre risadas convulsivas e violentos soluços, embalando no ar o fantasma de uma criança.

Numa tarde em que havia acompanhado José para colher batatas — umas batatas pequenas e pretas como figos secos que ele cultivava na antiga alverca —, vimos um homem a cavalo que se aproximava lentamente em direção à casa. Tinha chovido, e as gotas ainda brilhavam nos galhos; usava um chapéu grande e claro, um grosso casaco com a gola levantada, e se deixava levar pelo cavalo, com os olhos quase fechados. Quando chegou perto de nós, José correu para a estrada, deixando-me o cuidado das batatas. Vi apenas um rosto muito escuro, pequeno e enrugado como o de um chinês e uma voz que falava com José com um sotaque cantado que eu nunca tinha ouvido. Naquela tarde houve grande agitação na casa antes do jantar; minha avó andava pelas salas de estar e jantar retorcendo entre os dedos uma ponta da mantilha enquanto a tia Carmen tocava piano mais distraída, errando mais do que de costume, até que a minha avó fechou o piano com um tapa que por um fio não prendeu os dedos dela. Serviram-me o jantar sozinho, na cozinha, enquanto através dos tapumes se ouvia o arrastar dos móveis; deitaram-me no quarto da tia Carmen, num colchão no chão perto da cama dela. Uma atrás da outra vieram as tias e à terceira consegui convencê-las de que estava dormindo. Em seguida as ouvi jantar e sorver e suspirar mais fundo do que de costume; minha avó levantou a voz algumas vezes. Muito tarde — mas continuava ouvindo, contando com os dedos para manter a atenção — ouviu-se o barulho de uma carruagem no jardim e as quatro mulheres se levantaram da mesa para espiar por trás das persianas.

— Vai ver se o menino está dormindo.

Não consegui vê-lo chegar pelo caminho, porque a tia Emilia ficou olhando pela janela até que a minha avó a chamou baixinho, pela fresta da porta.

— Desça, Emilia; ilumine a escada.

Era uma carruagem coberta, de um só cavalo. Reconheci o homem que tinha chegado naquela tarde, que ajudava com supremo cuidado outro homem mais corpulento do que ele a descer do carro; também se cobria com um chapéu grande demais e uma capa longa que quase chegava aos tornozelos e dir-se-ia que não lhe restavam forças nem para subir os três degraus. Grudado na vidraça, quase podia ouvir sua respiração ofegante mais alta que os bufidos e os coices do cavalo. Quando chegou em frente à porta — o pequeno o segurava à sua esquerda, com a mão por baixo do braço —, levantou os olhos para a casa. A porta tinha se aberto, e a soleira iluminou-se com a lanterna da tia Emilia; um rosto barbudo, comido pela febre, mantendo com as orelhas um chapéu que ficava grande, um gesto inquieto, extranhamente vacilante e contraditório como se tentasse avançar com um passo atrás em direção à cela do esquecimento.

Durante alguns dias a porta e a janela do meu quarto permaneceram fechadas. Minha avó não deixava que eu me aproximasse dele, vigiando de perto para impedir qualquer indiscrição, mas incapaz de dar uma explicação mais satisfatória do que o dedo indicador nos lábios de uma tia, quando batia com os nós dos dedos na porta do quarto, com um copo de leite quente e um prato com um comprimido.

— Verdade que é o tio Enrique, José?

José tinha parado de falar. Além do mais, a única coisa que sabia fazer era me dar uma cotovelada quando eu ficava muito inconveniente, seguindo-o de perto com uma pergunta insistente:

— Vou perguntar à minha mãe quando ela vier.

Um dia, por fim, as quatro mulheres costuravam; levantei de repente os olhos abandonando a leitura de um conto antiquado que tinham colocado nos meus joelhos e perguntei: "Vó, por que o tio Enrique não se levanta?" A costura parou; minha avó se levantou deixando o trabalho na cadeira para passear um olhar de represália por cima das três cabeças humilhadas. Mas a partir daquele momento de alguma maneira se admitiu minha cumplicidade no segredo. Suspenderam-se as convenções, e voltamos a jantar todos juntos; mas minha avó não deixava a casa nem sequer para ir à missa aos domingos.

O outro homem também vivia ali. À tarde, antes de escurecer, descia à cozinha para cortar batatas ou fazer uma espécie de purê branco com uma farinha especial que carregava num saco pequeno. Tinha olhinhos vivos de animal de montanha e sempre se sentava no chão, com uma manta nos ombros, embora fosse verão, dando voltas no mingau com uma colher de pau ou afilando um pedaço de pau ou esculpindo em madeira enquanto o mingau cozinhava no fogo lento. Num dia em que ninguém estava me vendo bati na porta com o mesmo toque que a minha tia, quase à mesma hora; a porta se abriu devagar, apenas o suficiente para que eu enfiasse a cabeça; o quarto estava às escuras; a persiana, fechada. Havia um cheiro muito penetrante de remédios e pomadas, e mal pude chegar a vislumbrar o vulto na cama, que ofegava na escuridão, porque quando aquele homem baixo me viu surgir — estava sentado perto da porta com a manta nos ombros — plantou-me a mão inteira na·cara e me pôs para fora.

Mais tarde fiquei sabendo que era índio, parece que do México. Tinha a cabeça muito pequena e andava muito depressa pelo monte; mais de uma vez o segui — embora ele a cada dez passos voltasse para me expulsar, querendo me assustar com grunidos e caras esquisitas —; procurava ervas silvestres que levava em molhos para o quarto e cortava caules de arbustos que depois picava na cozinha em partes bem pequenas e amassava num pilão, deixava secar, queimava e fazia não sei quantas coisas mais para obter um pouco de líquido transparente, que guardava numa garrafinha de barro cozido. Mas poucas vezes se afastava do seu quarto, nunca à noite; dormia encostado na porta, sentado no chão com os braços cruzados e a manta nos ombros, apoiando o queixo como um pássaro e segurando na mão direita, debaixo da axila, aquela faca curva que não deixava ninguém pegar e em cujo fio passava e repassava mil vezes o polegar, com o olhar atravessado, enquanto o mingau cozinhava.

Só o vi uma vez, num momento entre dois sonos. Ainda era noite, embora já começasse a clarear. Acordei percebendo que junto à minha cabeceira havia uma sombra muito alta que respirava como um cão exalando um fôlego quente, adocicado e fermentado como pepino em conserva. Não tive medo; só sei que não tive medo; tinha o cabelo despenteado, a barba crescia por toda parte, a capa jogada nos ombros e aberta no pescoço, por onde apareciam pêlos brancos. Uns olhos fundos e sombrios me olhavam, retrocedendo e ocultando-se em sua vertigem tenebrosa, bamboleando como uma aparição invocada, quando surgiu ao meu lado a voz da tia Carmen: "O que está fazendo aí, Enrique; mas o que está fazendo aí? Saia agora mesmo", de pé no canto da cama.

Mais tarde foi o José, enquanto o índio afiava um pedaço de pau, quem me avisou que não contasse a ninguém, que meu tio estava muito doente. Diziam que tinha matado um homem na América e que tinha gente a procurá-lo para se vingar. Por isso tinha se escondido ali, sem sair do quarto, acompanhado sempre por um índio fiel que cuidava dele e o protegia.

Não voltei a vê-lo; desapareceram em poucos dias, naquele mesmo outono de 1915, sem que eu ficasse sabendo como nem quando, e o nome dele não voltou a ser falado em San Quintín até o dia em que toda a família — minha mãe e Eulalia, chorando, vieram a San Quintín só para isso — assistiu aos seus desertos funerais na abandonada capela da casa, último ofício que ali se celebrou. Nunca soube onde morreu nem se ao final foi vítima da sede de vingança que o perseguia. Lembro-me de que falaram alguma coisa sobre um manicômio, um sanatório ou não sei se uma penitenciária. Minha avó reclamou depois o cadáver e o enterraram na cova familiar, no terreno que o meu avô tinha cedido para o cemitério da futura comunidade de San Quintín.

VI

Levantamo-nos muito cedo. Dois dias antes tinha chovido torrencialmente, e quando o senhor Huesca tirou o carro do abrigo, fechou a capota e amarrou duas pás ao pneu estepe, eu não quis lhe dizer nada.

Tínhamos que nos apressar para chegar a Macerta na hora do trem, e quando parou o carro em frente ao portão do cemitério, ao pegar o novo ramalhete do assento traseiro (um ramalhete de flores silvestres de San Quintín), eu lhe disse:

— Importa-se de esperar aqui um momento?

O túmulo estava muito sujo, mas intacto; o desenho surgiu novamente na memória: era uma grande laje de mármore sobre um ladrilhado ao nível do chão. Não tinha outro ornamento além de uma cruz de traços muito finos, de cabeça muito pequena e braços muito compridos, cujo corpo se prolongava até separar os nomes dos meus dois avós à mesma altura, em cima dos nomes dos filhos:

León Benzal Ordóñez
1838-1903

Blanca Servén
(Viúva de Benzal)
1849-1921

Enrique Benzal Servén
1871-1917

Teresa Benzal Servén
1882-1916

Branca Benzal Servén
1877-1928

Emilia Benzal Servén
1874-1937

Carmen Benzal Servén
1879-1944

Embora o túmulo tivesse sido limpo recentemente — e alguém tivesse colocado um ramalhete murcho em cima dele —, as inscrições gravadas estavam cheias de barro que me entretive em tirar com a ponta do guarda-chuva. Com exceção da do meu avô — lavrada no mesmo traço fino e elegante da cruz —, todas as demais inscrições tinham sido feitas por uma mão tosca e descuidada que tinha tentado imitar o original e que, à medida que se passavam os anos, ia ficando mais trêmula e insegura. E que — pensei, naquele momento — inclusive tinha confundido a data da morte de meu tio Enrique com a do traslado e exumação dos seus restos.

Havia uma coisa que me rondava a cabeça, sepultada na memória, e que não voltaria a aflorar até um dia incerto.

Deixei o ramalhete ao lado do outro e abri o guarda-chuva: ali não estava o brilho dos olhos dela sob a água, me olhando da morte (como do fundo da sala) para materializar um vínculo tácito; só consegui vê-la com os olhos fechados, recolhida em si mesma e desaparecida na discreta e indiferente aceitação da morte, liberada da miséria que a rodeara sem sentido.

O senhor Huesca já tinha desamarrado as pás.

— Enfim, não acho que eu volte outra vez por estas bandas. Por que o senhor disse que a minha avó não lhe entregou o terreno?

— Ah, não tem importância — disse, me estendendo uma pá.

— Não faz nenhuma diferença — eu lhe disse.

— Não faz nenhuma diferença?

— Não. Mas como você sabia?

— Bom, esse terreno pertencia ao senhor Fabre, de quem eu o comprei. Vamos?

— Já falei que não precisa.

— Não precisa de quê?

— Das pás. Eu já terminei; podemos ir. Ou você também quer dar uma olhada no túmulo?

Ficou sem saber o que dizer, a pá no ombro como um sapador.

— Vá falar com ela, mas antes me diga: o que é que o senhor Fabre tem que ver com isso?

— Sua avó vendeu a propriedade para ele no ano de 1913, quase dois anos antes de escrever essa promissória.

A chuva apertou ao subir a Centésima.

— A Centésima, o Auge do Torce, o Burrero..., que nomes!

— Foram inventados pelos nossos avós. Foi preciso inventá-los quando da primeira colonização. Em princípio parecem grandiloqüentes, quase como as constelações; depois a gente se acostuma com eles. A planície do Burrero foi chamada assim porque era o lugar onde os ciganos acampavam tal como os *burreros* de Salamanca e da Andaluzia. Deixavam as carroças na beira da estrada; por ali pastavam os burros e sempre se ouviam vozes com aquele sotaque tão peculiar: "Cozinheeeeero, Ceboleeeeeero..." Tinha uma cigana de quem o marido fugia todas as noites, e ela ficava até a madrugada gritando: "Burreeeeero, Burreeeeero...", num tom que se ouvia até em Región. Se voltar um dia a Región, senhor Huesca, não se esqueça de me fazer um pequeno favor...

— Você quer que eu lhe entregue as 12 mil pesetas?

— Não. Ao fim e ao cabo eu não voltarei por aqui. Entende?

Não conseguia entender; achava que eu estava tentando me fazer de surdo frente a uma reivindicação irritante e esquecer para sempre aquele assunto, porque não sabia quem tinha limpado o túmulo. Eu tinha posto o meu ramalhete em cima do outro de modo que parecesse ser apenas um.

— Não, já disse que não se trata disso. Isso não é o que ela quer, isso é o que eu gostaria, nada mais. O que mais eu ia querer além de entregar-lhe 12 mil pesetas e me desculpar pela negligência da minha avó? É muito mais que isso.

— Muito mais?

Minha avó tinha tentado entregá-las utilizando o meu tio como portador da carta, mas deve ter renunciado ao belerofôntico procedimento quando se convenceu de que o próprio Enrique não era capaz de chegar, a pé, à casa do caseiro. Então mandou Eulalia para Región, e... todo mundo sabe o que pode ter inventado para mandar embora um filho aterrorizado e alcoolizado e sepultá-lo no último canto de uma casa abandonada. Quando a minha mãe voltou para os funerais, ele, sem dúvida, continuava escondido, jogado num colchão de onde teve que se vingar, tomar jeito definitivamente e redimir-se daquele desonroso amor juvenil. Minha avó mandou inscrever o nome dele no túmulo que a minha mãe, sem dúvida, foi visitar, colocando posteriormente a data cabal da sua morte.

— Sim, muito mais — tinha parado de chover, e, embora só faltassem 15 minutos para a saída do trem, não havia ninguém na estação. O senhor Huesca me ajudou a colocar a mala. — Mas aviso que eu não voltarei por aqui. E, ao fim e ao cabo, é justo.

— Mas quanto mais? O senhor só tem que dizer a ela: "Sinto muito, mas essa nota promissória foi preenchida um dia pela sua própria avó, senhorita Benzal."

— Senhorita Benzal?

— Pois o que você acha que ela espera?

Que necessidade tinha de inventar qualquer sobrinho? Diga que mostre outra vez a promissória e faça o favor de lê-la substituindo o Burrero por seu sinônimo: o Amante, o Prófugo, o Marido... diga que mostre o copo e tente pensar a que corresponde aquele E, esculpido por um índio. Você não acreditava na decadência, você não acredita que quando chega o nada, nada, vale mais que 12 mil pesetas. Aí está: é o que uma mãe falida pede por um filho doente, delirante e alcoolizado à sua antiga amante desajuizada. Não lhe parece suficiente, senhor Huesca?

LUTO

I

No silêncio, na manhã instantaneamente mais calma, clara e remota, colorida de novo e vivificada ano após ano pelo som impessoal de uma lacônica nota necrológica, um mesmo instante intemporal parecia perdurar cristalizado no gesto de severa, ostensiva e talvez sincera lembrança quando o indiano dobrava com cuidado o papel para voltar a guardá-lo na carteira.

O outro não lhe chegava aos ombros.

Não dava maiores explicações. Recebia um pouco de dinheiro para isso e se limitava a ficar ali, a esperá-lo, a receber, a virar de costas para se benzer, a ajudá-lo a montar para novamente acompanhá-lo, seguindo o burrico a poucos passos de distância.

— Descanse em paz.

— Está bem, Blanco. Não pedi a sua opinião. Pode se largar, se quiser.

Mas não ia. Era tão impossível que nem sequer precisava entender; nem procurar sentido para a frase do amo.

Em todos os aniversários da morte de Rosa levava ao túmulo dela a oferenda de uma rosa murcha, colhida havia tempos, que depositava ali sem maiores explicações nem cerimônia, sem tirar o chapéu nem se ajoelhar para isso.

Parece que ninguém tinha o direito de colocar em dúvida a sinceridade da lembrança nem de compreender o significado íntimo da flor (a coincidência das duas rosas era a única coisa, necessariamente murcha e tão descorada como se tivesse ficado muitos anos dentro do missal de uma menina), mesmo que fosse apenas pelo fato de que no dia em que Rosa morreu a estação já estava tão adiantada que não permitia abundância de rosas nos jardins.

Aparecia de perfil na colina e precedido pelo criado, em torno de uma nuvem rosada de poeira matutina, sentado na garupa do burrico, balançando as pernas como uma menina. Imutável, provocador, vestido com o terno preto único e coberto com o chapéu de feltro preto e de abas largas, sujas de gordura, mantendo rígida e imóvel — como um São José o nardo cristalino — a oferenda murcha envolta num fino papel transparente de cor amarelo-limão.

Vadeava o rio — quase seco nessa época —, enquanto o pequeno Blanco saltava pelas pedras. Antes de subir a ladeira do cemitério, desmontava com um salto — mais próprio de uma mulher —, em virtude do qual e por ação contraditória parecia brotar da terra um homem enlutado e desproporcionado que só pela cabeça correspondia ao cavaleiro anterior, circunspecto e arrogante e imperfeito, triunfando desdenhosamente sobre uma figura pouco feliz, para avançar até o túmulo — um cercado de tijolos e uma caixa de terra preta e uma cruz de ferro forjado com a palavra ROSA pintada com purpurina, onde colocava a flor sem se ajoelhar nem tirar o chapéu, voltando a dobrar o papel para guardá-lo numa carteira pequena que continha dez pesetas.

— Rosa — dizia todos os anos.

— A Rosa.

— Está bem, Blanco. Já sei.

Não sabia o que ele sabia. Ficava atrás para descobrir a cabeça, rodando uma pequena boina desbotada, semelhante a um cogumelo — e, virando e se encolhendo um pouco enquanto o amo dobrava o papel, benzer-se rapidamente para que ele não percebesse. Mas ele sabia.

— Blanco.

— A Rosa.

— Está bem, Blanco. Já chega. Ninguém o obrigou a vir.

— Dom Lucas.

— Você não sabe o que é isto — virava o rosto olhando para ele de soslaio, batendo no peito. Você não tem coração.

— Dom Lucas.

— Não precisa me dizer o que está pensando. Pode se largar se quiser. Ela está vendo você do céu.

Então não conseguia olhar para ele. Mais que proibido, era impossível. Dizia a mesma coisa todos os anos, acendendo um cigarro, lançando através da fumaça um olhar profético para a Jerusalém adormecida, sob o chapéu ligeiramente inclinado com uma presença exagerada mas austera, altivo, circunspecto e cerimonioso, exalando um cheiro forte de brilhantina barata.

— De agora em diante você vai ficar em casa.

— Dom Lucas.

— Cale-se de uma vez.

Não sabia por quê, que era o que estava bem. Sem dúvida era aquilo: a curta viagem anual, a oferenda tradicional, a obediência a uma lembrança, mas não a própria lembrança definitivamente exposta diante dos seus olhos ao longo daquele único macilento instante em expansão que nem as flores murchas, nem os perfumes retraídos, nem os latidos longínquos, nem as noites de maio entre as quentes paredes de aço que inicitavam seu desejo, nem as lutas até o quinto ou décimo sangue regando o peito nu, correndo e chorando pelos corredores na penumbra, podiam mudar.

— Dom Lucas.

— Já disse para você se calar.

— É que eu me lembro da Rosa.

— Você está abrindo a minha ferida. É melhor se calar, estou avisando.

Dizia sempre a mesma coisa, o homem pequeno tinha que baixar os olhos. Não era preciso perguntar por quê. Sabia que o indiano o olhava de esguelha, lançando a fumaça para o ar com satisfação teatral, pois os gestos e palavras do cerimonial com que ano após ano celebrava sua vitória se tinham repetido com tácita, lacônica, não ensaiada e cabal exatidão.

Baixava os olhos e esperava que se afastasse, girando a boina. Benzia-se outra vez. Quando, na beira do rio, o indiano olhava para trás, ele também o fazia. Mais que o seu adeus ao túmulo era a comprovação de um fato: o seu corpo — uma lembrança passada — também estava ali, calmamente sepultado sob um monte de cal, o silencioso e incolor instante que emergiu do bocejo da falecida para dar um sentido fatídico a todos os entardeceres suspensos e a todos os latidos longínquos e desejos afogados na escuridão da caldeira; um rosto marcado, violentamente quieto e partícipe num instante da irracional quietude de uma mula, carente de dor e desejo; violenta e quieta e exagerada, exumando num momento de silenciosas e imperceptíveis sacudidas uma suprema e desesperada vontade de soltar a rédea.

— Blanco!

Ajudava-o novamente a montar, enlaçando as mãos para oferecer-lhe um estribo. Nunca lhe ocorreu olhar para ele naquele momento. Não precisava saber que era impossível. Tinha sido sempre assim, e assim teria que ser enquanto seu amo fosse seu amo; esperava encurvado que terminasse o cigarro, e nem sequer lhe era permitido (não pelo amo, mas sim por ele mesmo, sancionado pelo hábito anual do qual era, mais que obediente, depositário) afastar as mãos para evitar que a bituca caísse nelas, esmagada em seguida pela alpargata branca, recém-pintada de alvaiade.

Mas, naquela manhã especialmente calma, atravessavam o povoado como se voltassem de um longo cativeiro, deixando de lado a estrada de Macerta para pegar uma acidentada estradinha secundária; uma grade e uma persiana verde e uma janela quase no nível do chão, onde mal entrava luz, onde tecidos brancos e sianinhas e bordados eram tirados do cesto e estendidos no parapeito por uma mão angustiada, repentinamente parada e fechada como um marisco quando os cascos do burro soavam nos paralelepípedos, a silhueta de um chapéu detrás da persiana, numa manhã de junho. Imutável, circunspecto, parecendo uma cópia de si mesmo, tão frágil e desdenhável como pretensiosa e provocadora; um chapéu de grandes abas manchadas de gordura pelo qual a grande cabeça parecia suspensa, enroscada nele como uma lâmpada no bocal. Nunca tinha mudado o terno nem a expressão; um rosto truncado e definitivamente unido ao chapéu (talvez com um pouco de cola de cheiro penetrante, uma vez que o forro de papelão já tinha desaparecido) com expressão de desgosto, como se aquela curta viagem anual obedecesse mais que ao cumprimento da devoção criada por ele mesmo a uma certa providência anual obrigatória, o pagamento do tributo por aquela rosa estragada brotada na sua mão, idêntica a todas as precedentes, envolta num papel transparente de cor amarelo-limão.

— Blanco!

Não aparentava sua estatura. Paravam perto da janela sem nenhum gesto nem voz, como se fizesse parte da cerimônia aquela parada em frente à roupa recém-lavada, o lagarto escondido entre as dobras que cheiravam a anil incapaz de se mover ante a sombra invisível e entristecedora do homem, atrás da persiana verde.

Voltava a desmontar ao mesmo tempo que um cigarro aparecia na sua boca; uma figura negra e rombuda atrás da persiana, de proporções insólitas quando levantava a persiana e aparecia a cabeça como se fosse a sua própria imagem deformada por um espelho côncavo, um reflexo de nascença.

— Ela se chama Amelia.

— Está bem, Blanco, ninguém o chamou. Pode ir, se quiser.

Ele ficava atrás, encostado na parede com o rosto virado para a parede. Quando terminava o cigarro, levantava a persiana com a mão. Blanco, a cara na parede, fechava os olhos.

— Blanco! Venha aqui.

Aproximava-se de costas, tentando não olhar para ele.

— Olha o que tem aí — agarrava-o pelo pescoço e o obrigava a virar a cabeça: um quarto onde a poeira era revolvida pela luz recente, pilhas de roupa branca que cobriam uma cadeira baixa, uma nuca quase calva cuidadosamente coberta com um vincado de cabelos cinza.

— Toma. Isto é um presente que eu lhe faço — dizia, colocando-lhe uma mão no ombro (a entrada de uma barraca), tirando em seguida a carteira com o papel dobrado e deixando nas suas mãos as dez pesetas. — Não precisa me agradecer por isso.

— Muito obrigado, dom Lucas.

Ainda mantinha a persiana no alto, materializando uma indefinível combinação de brilhantina, e luto, e fortaleza, e desprezo tão superficial e desdenhável que transcendia sua própria pessoa para situar-se arrogante nos domínios do papel machê ou do anúncio de carminativo ou comprimido contra enjôo; acendia outro cigarro lançando a fumaça através da grade e removendo a poeira da janela recôndita onde tinha encontrado refúgio e escuridão o pequeno inofensivo animal, entre pilhas e pilhas de lençóis, e toalhas, e jogos de chá, e manhãs, e favos inúteis que tinham constituído sua excremental segregação ao longo dos últimos trinta ou quarenta anos. Trinta ou quarenta anos ou quantos que fossem — havia de pensar o indiano olhando fixamente para a nuca, com uma calva rosa —; trinta ou quarenta vezes a dose normal desse preparado terrível vertido sobre a ardente juventude para acalmar sua acidez; vinte ou trinta vezes a gota calmante caindo sobre a víscera retorcida, destruindo sua cor e estirando sua pele; trinta vezes todo esse tempo de dissolução para aniquilar no ar as grandes palavras e os grandes e repentinos caprichos, e os grandes e próximos segredos, e reduzir a realidade a uma cabeça de pele craquelada e um cabelo grisalho molhado, preso, em torno da qual há tempos atrás — com reflexos e cheiros e ondulações marinhas — urdiram-se os primeiros sonhos, soaram as grandes palavras. Uma cabeça de barraca, truncada e escorada por uma expressão de primitivo e permanente desdém; um terno preto que brilhava gasto e alpargatas imaculadas, cujas tiras brancas, esticadas e engomadas, se destacavam sobre as meias três-quartos de algodão preto, provavelmente compradas num dia de calor numa confusa, caótica e barulhenta mercearia americana, junto com um saco de café e uma caixa de charutos.

Antes de soltar a persiana (e a mão se escondia no meio da roupa, como uma barata debaixo de um rodapé, antes mesmo que a luz a atacasse), jogava a bituca na cabeça dele.

— Blanco!

De novo o ajudava a montar, tremendo, olhando para o chão num instante de temor formado tempo atrás, mantido e repetido a cada ano dentro dos limites da cerimônia.

— Êêêêê, burro! Arre, burro.

O outro o seguia atrás, tentando alcançá-lo.

— Dom Lucas..., dom Lucas...

— Vamos, é tarde.

— Dom Lucas...

— Vamos, Blanco, eu disse vamos. Dê-me esse dinheiro, será melhor que eu o guarde.

II

A casa se encontrava na periferia do povoado, num lugar fora de mão visitado somente em alguns domingos de clima bom por uns poucos casais em excursão. Uma propriedade residencial fora de lugar e de estilo que nunca

— apesar da boa vontade de tantas balaustradas, e florões, e terraços, e gozosas pérgulas que ali amontoou um mestre aragonês, famoso em Región por volta dos anos 1880 — conseguiu representar o papel de formal frivolidade a que seus infantis amos um dia a destinaram; rodeada por um pequeno pomar baixo, que é hoje uma selva de corpulentos matagais; erigidos sobre um terraço de há anos desaparecidos jardins italianos traçados com maciços de buxo e mirabela rapidamente devorados pela violenta xara e pelo flexível e doentio ébulo, onde se escondiam uma caldeira abandonada cor de mínio e pára-lamas de automóvel, obséquios da guerra. Porém ainda se conservava um antigo caramanchão em estilo floreal, um amontoado de ferrugem perto de uma fonte com a água mais pura e fria da comarca dignificada em outros tempos por lendas pagãs e fechada por quatro figueiras estéreis, onde ainda se faziam jogos de prendas e se abriam melancias naquelas tardes de piqueniques dominicais que preludiavam o sacramento, e onde às vezes penduravam calcinhas cor-de-rosa e aventais de crianças ciganas.

Um dia começou a sair fumaça, antes da morte de Rosa.

Pensava-se que alguma coisa remanescente que com muita dificuldade podia se chamar de orgulho o tinha impedido de colocar um anúncio de vende-se, mesmo que a casa tivesse passado a ser propriedade de ratos e gatos esfomeados e de esporádicos mendigos que dormiam perto da caldeira, e famílias de ciganos que estendiam suas mantas roídas pelos ratos nas pérgulas enferrujadas.

Mas um dia a entrada apareceu fechada por um arame farpado preso a duas tábuas.

Estava obstinado a não manifestar publicamente que a casa fora posta à venda, apesar de o resto da família — duas mulheres de diferentes idades, cuja relação mútua ninguém conhecia ao certo — ter sido obrigado a se retirar para dois quartos sombrios de uma casa suburbana, pintada de anilina, que o doutor Sebastián tinha cedido por um aluguel de poucas pesetas mensais. Ela tinha recusado a princípio a hospitalidade do doutor, a quem nem sequer atendeu, nem viu, nem escutou, nem permitiu que a acompanhasse e ajudasse na mudança, numa pálida e boreal manhã de inverno de 1930 e tantos. O próprio doutor teve que se contentar em vê-la através da vidraça: uma carroça carregada com dois baús grandes como dois sarcófagos, duas cabeceiras de cama metálica e duas colunas de colchões, onde as duas vítimas se agarravam, atiradas de lá para cá pelas sacudidas bruscas da carroça, olhando para a frente com a indiferença altiva e jactante e pretensiosa de aristocratas condenadas pelo terror e conduzidas à guilhotina. Tampouco, uma vez instalada na nova casa, abriu a porta para ele, continuando o trabalho — perto da janela — que tinha suspendido por poucas horas naquela mesma manhã para recolher os bens e fechar a casa definitivamente, pela primeira vez desde que o começara.

Era alguma coisa mais além ou aquém do orgulho, um tipo de indiferença irresponsável e anacrônica que impedia toda relação e qualquer movimento, até mesmo abrir a porta e introduzir em casa um cavalheiro — por muita que tivesse sido sua amizade com a família —, cuja visita àquelas alturas nem sequer podia ser justificada por razões profissionais. Nem respondeu — a cabeça cor de lã caída sobre o peito, o brilho dos óculos prateados — à afetuosa saudação conservada intacta desde os tempos do Cassino, fazendo referência ao intacto estado virginal, posto um dia à prova; outro, em dúvida.

Mas também, que se soubesse, jamais tinha recebido qualquer oferta de compra.

A partir daquele momento começou a se perceber no povoado certa onda de afeto pela senhorita Amelia, uma das mais significativas relíquias das grandes famílias, de um passado que tinha perdido inclusive o poder de ser assunto de conversa nas reuniões vespertinas e nos jogos de cartas invernais. Agora, desalojada do seu destruído castelo e exposta numa janela à pública luz de uma lâmpada mortiça numa esquina suburbana — pisadas de cavalos e latidos longínquos e galos que cantavam no meio do esterco —, conseguia despertar entre os novos nomes (nomes que antes não significavam nada e que em dez anos se haviam transformado em sinônimos do poder à força de percorrer todas as presentes e futuras seções dos jornais regionais e provinciais, das presidências de júris, concursos de atletismo e jogos primaveris às representações provinciais, passando por todas as frentes de enterro) aquela mistura de compassiva curiosidade e reservada satisfação provocada por um faquir numa vitrine, fazendo propaganda de lojas.

Ela nunca admitiu as encomendas. Parecia que sua missão nesta vida era costurar e bordar indefinidamente, desfazendo e reatando com a cega energia de um Sísifo o trabalho de 1930 ou 40 ou 50 nas longas temporadas de penúria em que era impossível adquirir novos produtos. Foi Rosa quem, com a idéia de não perturbar a quimérica e frágil existência da senhorita Amelia com mais um problema financeiro, teve que aceitá-las, inventando histórias de apressadas prometidas companheiras de novena e falsas catequeses para as quais a data da cerimônia seria ainda, como nos bons tempos do Cassino, mera questão de enxoval.

Rosa era uma moça alta e nariguda e desprovida de graça, que na maturidade entrara numa idade misteriosa, nem jovem nem madura, nem bem conservada nem envelhecida, com forte espírito religioso. Não tinha idade, isentada da passagem dos dias e dos anos por obra e graça de um eterno hábito preto e um apertado cinto de couro preto, e bom número de rosários e tríduos que a fizeram credora da plena indulgência terrestre. Tinha nascido junto à senhora Amelia, de forma espontânea, e ao seu lado aparecera dias depois, já vestida com o hábito preto e arrematada pelo coque, exalando um mau cheiro particular e adotando a postura da máxima sobrevivência — indiferente, desmemoriada, calada — para formar a empoeirada, áspera e saturada imagem de um ontem imóvel e intangível, completando, por um lado, a realidade insuficiente de todo um povoado desarraigado, impugnando, das suas duas cadeiras baixas de vime, a sentença do tempo irrefletido e lerdo, entre o cheiro de roupa branca recém-lavada e chãos de esterco e pegadas de cavalos, muito longe das luzes fluorescentes e dos aparelhos de rádio e dos caminhões de peixe. Um resto de um outro tempo, um sepulcro andante — dizia-se em Región —, a última vergôntea de um ramo degenerado, reduzida hoje ao estado fóssil por não ter sabido abandonar a tempo as idéias de novos-ricos que um dia germinaram e elevaram a família. Uma pobre tonta enganada por uma sociedade em falência e obrigada agora a saldar a conta com os novos credores, homens e nomes de novos-ricos que sabiam esquecer, que se consideravam distantes do orgulho a ponto de saber perdoar e socorrer uma pobre velha sonsa, tão necessitada da consideração e da estima de seus vizinhos como das 15 ou 20 pesetas que poderia tirar das toucas para as grávidas de ocasião. E de fato se acreditaram superiores em outros tempos, quando nem sequer sabiam seus nomes nem se atreviam a aparecer em público nem apregoavam idéias de reivindicação social que nunca alimentaram.

Um dia soube-se que tampouco era orgulho aquilo que lhe restava. Provavelmente não se lembrava de nada de que pudesse se orgulhar nem formulou jamais uma comparação entre seus semelhantes; só tinha chegado a comparar algumas cores muito próximas: rosas e cremes, crus e alaranjados, diferentes tipos de fios e lãs guipura para rendas reticella e richelieu, e um dia — um tanto mais tarde — a figura recortada detrás da persiana verde com um trânsfuga do ontem. Teria precisado de muita memória e boa vontade para manter aquele orgulho; era como manter a casa de Nova Elvira, três andares e pomares, e jardins, e estábulos, e cavalariças, e salas de caçadores, e fontes, e chaminés, com a pensão vitalícia que, em nome de Rosa García, seu pai lhe deixou num banco de Macerta, e que Rosa estava encarregada de receber uma vez a cada dois anos para não consumi-la nos 12 pagamentos ao ano. Sem dúvida, sua cabeça estava oca (alienada no interminável costurar e bordar e pespontar os interminavéis lençóis e jogos de mesa que passavam pelo seu colo — como placas de aço laminado numa guilhotina elétrica — para ir aumentar o conteúdo dos dois baús de madeira trabalhada protegidos com centenárias bolinhas de cânfora e papéis de jornais e anacrônicos e descarados cadernos que ainda aplaudiam no fundo da caixa todas as suas guerras, e vitórias, e suas crises, e suas catástrofes, e todas as suas solenidades, e comemorações sem fim, e eventos sangrentos, e centenários, e coroações marianas, e ecos da província, e discursos inaugurais, que ainda tentavam sair à superfície e abandonar o vergonhoso cativeiro de um baú num canto, destacando suas letras sobre os lençóis engomados), transferida das frágeis dobras cerebrais para as brancas dobras da roupa impoluta entesourada e protegida em dois baús que constituíam todo o seu patrimônio. Um cheiro antigo de cânfora, uma mancha ocre, quase rosa, numa das dobras de cima. Mas isso foi mais tarde.

Antes soube-se que a casa não estava à venda não porque ainda restasse um resquício de orgulho que a impedisse de colocar o cartaz, mas porque desde muito tempo atrás, antes da mudança, uma parte ou a totalidade do imóvel não lhe pertencia mais. Sempre se havia dito que, embora o pai não lhe tivesse deixado um centavo sequer quando morreu, pelo menos tinha legado um imóvel que, bem administrado, teria lhe permitido um pouco mais que uma vida confortável para o resto dos seus dias.

Quando o pai morreu — aqueles que o tinham conhecido (e, sem deixar de se considerarem seus amigos, tinham deixado de freqüentar a casa) — encomendaram, sabendo que em sua casa não iam encontrar nem um prego, um caixão para um homem de 1m80 de altura; debaixo do leito de morte havia pelo menos uma centena de garrafas vazias, e, nele, coberto apenas com um lençol, com a mesma indumentária e postura com que exalou seu último suspiro, o cadáver do velho Gros do tamanho de um escolar, um esqueleto sorridente e avermelhado coberto em parte por uma pele magra com manchas vermelhas, esfolada no pescoço e no queixo; quando o colocaram no caixão sobraram mais de dois palmos, e para evitar que ficasse se movendo durante o transporte tiveram que preencher os espaços vazios com bolas de papel que a senhorita Amelia — sem levantar os olhos, sem abandonar o trabalho — autorizou-os a pegar do baú onde as guardava; ela não abandonou seu quarto no andar de baixo; não abriu a porta para eles nem os cumprimentou na contraluz quando eles entraram para buscar o papel, sentada e inclinada sobre a roupa, a mão vermelha pequena movendo-se sob a cabeça cor de lã atrás do vidro quando o caixão, nos ombros de alguns verdadeiros amigos, se perdeu de vista — somente Rosa compareceu ao enterro.

A partir daquele momento começou a correr pelo povoado, então agonizante, todo tipo de histórias sobre a família Gros. Dizia-se que ela era uma santa; o pai, um monstro. O pai, um homem fraco; ela, a encarnação da crueldade; o pai, um histérico, comido pela inveja, um histérico de povoado; ela, uma resignada, arrastando a resignação até os limites da crueldade. Ao que parece, pai e filha tinham suspendido toda relação devido a um acontecimento pueril, despercebido inclusive para aqueles que agora o contavam em detalhes na reconstituição de um drama de 1910: ela, a esquiva e atordoada herdeira, abandonou a cela da virtude para procurar a companhia de um caça-dotes, numa tarde de passeio pela estrada de Macerta, ensaiando os primeiros lances; os primeiros e balbuciantes rodeios e surpresas artificiais diante de um homem moreno que acabava de inventar o sorriso, um olhar sombrio e agressivo, falando de si mesmo e das grandes paixões com singular aprumo e gravidade. E no instante seguinte o pai, emoldurado na soleira do quarto (seu irmão, o violento, atrás, cravava os olhos na altura dos ombros do pai). E em seguida uma ardente noite de lágrimas. E depois uma tentativa de fuga. E um dia, umas vozes à noite, um encontro clandestino, uma troca de lembranças e um princípio de juramento que acabaria provocando a segunda fuga abortada. E, de repente, suas mãos batiam furiosamente na porta fechada, enquanto seu irmão, o violento, corria com os cães até derrubar no caminho o fugitivo prometido; as lágrimas no chão; a dor no pescoço e a fome; a luz debaixo da porta e os passos que voltavam pela escada atapetada, selando uma era de dor: uma primeira dobra de um véu impoluto colocado com cuidado fúnebre no fundo de um baú tão profundo como uma fossa onde descansavam os não-restos, os gestos frustrados de um doloroso ontem, a lista das ilusões perdidas para a memória que se negava a considerá-las.

Não se tratava, pois, de orgulho: eram umas tantas promissórias assinadas por Tomás Gros e compradas dos antigos credores a vinte por cento do seu valor por um sem-número de pessoas — de comerciantes de produtos ultramarinos a banqueiros de Macerta —, satisfeitas por terem salvado sessenta por cento do seu dinheiro, pagável em dois anos, sem necessidade de provocar o despejo e a venda pública dos bens de Nova Elvira em vida da senhorita Amelia. Ela não os recebeu. Eram oito ou dez, sem acompanhamento notarial, que acharam melhor se retirar e voltar a guardar suas promissórias quando Rosa abriu a porta, e um vapor de podridão chegou aos narizes: umas cadeiras sem pernas espalhadas pela sala e um resto de gaze furada tentando suprir a ausência de vidros na janela da escada, inchando-se com a brisa vespertina para medir como um balão de oxigênio a agonia da casa, tão ou mais eloquentes do que o relatório de um avaliador oficial da Caixa Econômica.

Quando o doutor Sebastián e o oficial do Tribunal foram visitá-las, conseguiram falar apenas com Rosa (um hábito preto, o peculiar cheiro da virgindade). Ela deve ter compreendido e repetiu para si mesma — não à inteligência desaparecida nem à memória fechada a chave, mas às pequenas mãos vermelhas que por um instante suspenderam o trabalho —, foi dito; para colocar, como toda resposta, nas mãos abertas o novelo de lã nova com que tinha que formar uma nova meada.

Não houve expropriação. Comentou-se que o novo proprietário respeitava a presença da senhorita Amelia como os credores do seu pai tinham feito. Mas um dia saíram, subiram no carro e atravessaram o povoado, bamboleando-se, com o olhar estupidamente cravado à frente, calmos e rígidos como duas imagens levadas em procissão por uma confraria de bêbados, para ser entronizadas na nova e caiada capela suburbana de onde teriam saído cinco ou dez ou mil quilômetros de lençóis bordados, se, como diziam as curiosidades dos almanaques, fossem colocados um atrás do outro.

III

Antes de abrir a porta escondeu-se atrás da coluna.
— Saia daí.
Dentro se ouviu mover um vulto desajeitado, ao cruzar a porta na escuridão.

Deixou no chão a lâmpada de carbureto. Sua sombra agigantada oscilava na parede, um corredor com tetos altos onde se perdia a silhueta do chapéu. Suas mãos estavam enfaixadas.

— Saia daí. Eu vi você pelo buraco.

Do outro lado da porta se ouvia sua respiração entrecortada, sentado de cócoras atrás do batente, esperando que a porta se abrisse.

— Saia daí, já falei. Seja homem — disse, através do vão.

Em seguida tirou o casaco e a camisa, que colocou com cuidado no chão. Aproximou o ouvido do vão; o outro continha a respiração; a luz do lampião bateu em cheio nele, descobrindo uma profunda e insustentável atenção; os olhos pequenos incrustados no rosto, repentinamente imobilizado por um impulso interior prestes a saltar para iniciar o salto. Mantinha o chapéu na cabeça — o cheiro do carbureto dominava o da brilhantina —, ligeiramente inclinado com tétrico pedantismo, que imprimia ao seu rosto imóvel um traço de falsa mas irredutível qualidade, como uma máscara de papel machê na qual se conjugava o horror do olhar com o primor de algumas mechas de cabelo prateado, semelhantes a esponjas de aço de esfregar panelas, besuntadas de brilhantina.

— Seja homem — repetiu.

Não mexeu os lábios para falar. De trás da porta o outro fez um barulho, houve um rangido, e a porta abriu-se de repente, emoldurando o indiano com os punhos em riste e a cabeça baixa, em atitude de luta. Tinha as mãos enfaixadas.

O vulto correu para o canto. Antes que seus olhos o distinguissem seu olfato o havia descoberto: sujo, úmido, exalava um cheiro forte de leite azedo que preponderava sobre a umidade da penumbra (como se um bebê estivesse dormindo no fundo do quarto), mugindo no canto e mostrando no pálido reflexo do carbureto — antes que olhos e corpo e cabeça humana — uma fila de dentes brancos que tremiam ligeiramente.

— Vamos ver se desta vez se defende como homem.

Não avançou. Ficou esperando, ao mesmo tempo que fechava a saída com o corpo, o chapéu erguido, as pernas pequenas e robustas e calças pretas presas com uma corda e a camisa arregaçada de gola fechada, exibindo os braços levantados com um gesto de pôster de pugilismo, como se encontrasse um sinistro prazer em contradizer seu aspecto comum (austero e esquivo, metido num sóbrio terno preto, que passeava solitário pelas veredas do monte).

— Vamos, atreva-se. Hoje vai ter a sua chance.
— Hoje não. Hoje não.
— Eu falei que hoje vai ter a sua chance.
— Hoje não, dom Lucas.

— Hoje estou lhe oferecendo a chance da sua vida. Muito dinheiro. Entende o que é isso? Muito dinheiro.

— Dom Lucas.

— Vamos! Comporte-se como homem. Tente sair.

— Hoje não posso.

Deu um pontapé no chão, o vulto saltou.

— Estou cansado, dom Lucas. Amanhã.

— Levante se não quiser que eu o levante. Você vai ver.

— Estou cansado, dom Lucas. Não preguei olho a noite toda.

— Estou avisando, depois não se queixe. Vou contar até dez: um, dois, três, quatro...

— Hoje não posso, de verdade.

— Veremos.

Avançou três passos, levantou uma perna. Então o vulto saltou (uma fileira de dentes brancos, uma cabeça molhada, a trajetória do olho riscando uma linha na penumbra quando o vulto bateu no batente), jogando o indiano para o lado. Agarrou-o pela cintura e voltou a bater no batente até se soltar da sua mão, disparando pelo corredor. Parou na porta, fechada por uma tranca; ali estava o indiano, as mãos enfaixadas, o chapéu preto perfeitamente rígido, os olhos pequenos que imploravam por abandonar as órbitas para se cravar na sua cara como dois projéteis sustentados por molas incontroláveis.

— Tem que lutar como um cavalheiro, imbecil. Como um cavalheiro, o que você está pensando?

Estava ofegando. Levantou a mão, sem conseguir falar, tentando prorrogar a pausa. O indiano a afastou com um tapa e o alcançou na bochecha. Seu rosto se contraiu como o de um boneco de borracha espremido por uma mão infantil, mantendo porém os olhos grandes e redondos, o olhar calmo, sereno, tão alheio à visão como atento ao golpe.

— Quem sabe deste jeito você entende — e deu um salto para trás, as mãos no alto protegidas com faixas.

Em seguida seu olhar voltou lentamente para a superfície, o brilho reduzido e concentrado pelas sombras de uma profunda, absorta e antiga meditação.

Ao segundo golpe no pescoço, o outro baixou a cabeça, encolhendo a barriga. O indiano o acertou na nuca.

— Assim não, idiota. Levante essa cabeça se não quer que eu a levante.

Levantou a cabeça; num momento viu o chapéu, os olhos pequenos e penetrantes, o início de sorriso nos lábios crispados de papelão invulnerável e ordinário. Uma cabeça que bem podia estar na entrada de um trem fantasma, a mandíbula inferior animada por um movimento mecânico para anunciar na noite o túnel do terror; um soco na testa, que o obrigou a esconder o rosto com as mãos. Dom Lucas agarrou-lhe os pulsos com as mãos enfaixadas:

— Vamos, Blanco, ou luta como um cavalheiro ou vai para a rua.

— Não estou bem, dom Lucas. Não estou bem. Amanhã.

— Eu falei para irmos.

Não tinha levantado a cabeça quando recebeu um golpe na costela. Em seguida outro, no pescoço. O chapéu não se moveu, os olhos diminuíram. Outro pelo lado oposto; o indiano se jogou para trás.

— É assim que eu gosto.

O outro não lhe chegava aos ombros; corria ao seu lado batendo nas suas costelas e braços até que o indiano bateu com as costas na parede, os braços sobre os seus ombros. O chapéu não se moveu; as pálpebras estavam quase fechadas. O outro, com a cabeça no seu peito, batia às cegas nas suas costas e na parede.

— Assim, é assim que eu gosto.

Outro golpe o alcançou no pomo-de-adão, o chapéu não se moveu, mas os olhos se fecharam mais.

Afinal o pequeno afundou a cabeça no estômago, e o indiano caiu sentado numa cadeira que rangeu, levantando poeira. Levantou uma das mãos, ofegante, tentando detê-lo com o gesto, mas o outro voltou a investir com a cabeça, golpeando-o no peito. Deu um suspiro. A cadeira rodou. O indiano abriu os braços limpando a defesa do outro para alcançá-lo no rosto, obrigando-o a retroceder. Mas o outro voltou a afundar a cabeça para agarrar-se furiosamente à cara de papelão, espremendo sua pálida boca e abrindo as órbitas.

— Sujo!

Depois foram três, quatro, cinco, seis golpes precisos na nuca, nas têmporas e no rosto, que o olhar — reaparecendo imóvel depois do golpe, como um recife depois da espuma furiosa, calmo, invicto e sonâmbulo e puramente especulativo, perdido num êxtase mais além do reino da visão, fugindo da cara amassada para um ponto de silencioso colapso — não conseguia perceber.

Quando o indiano saiu — o som do vento nos buracos das vidraças, a gaze de delicada e perversa matéria que a poeira tinha aveludado rasgada, flutuando exangue como uma bandeira em honra de um cadáver desconhecido, uma noite de calor —, o outro ficou no meio do quarto, olhando para os pés e bamboleando como um boneco de pano, jorrando sangue pelo nariz e pela boca.

— Não pense que isto terminou. Você não se dará por vencido no primeiro *round* — disse lá atrás, apertando as têmporas e ajustando as ataduras; nas bochechas, as marcas dos dedos de Blanco.

— Limpe-se um pouco. Dou-lhe dois minutos.

Tinha caído de quatro, olhando como suas próprias gotas caíam no chão. O indiano se aproximou, colocando-lhe uma das mãos nas costas; o chapéu estava um pouco jogado para trás, mostrando na fronte uma linha vermelha (cansava e ridicularizava seu rosto como se tivesse colocado uma rede de cabelos feminina), duas linhas de suor que se uniam no queixo.

— Vamos, homem, levante. Não foi nada.

O outro não conseguia falar. Teve um calafrio quando o cheiro da brilhantina se misturou com o do sangue. Suas mãos tremiam. Sacudiu a cabeça como um cão, um fio de sangue correu do nariz até a orelha.

— Vamos, homem, levante. Não foi nada.

— Dom...

— Eu disse vamos.

— ...água.

— Deixe a água. Terá água quando acabar, não se apresse.

— ...água... — os braços não agüentaram mais, e a cabeça desabou no chão.

Abriu a torneira, trouxe nas mãos um pouco de água, que derramou sobre sua cabeça. Passou-lhe uma das mãos por baixo do braço e o ajudou a se levantar.

— Vamos, filho, vamos. Não é para tanto.

Tinha uma pálpebra roxa, inchada como uma noz. A pele da bochecha — estirando-se com um *rictus* autônomo — obrigou-o a sorrir, mostrando os dentes.

— É assim que eu gosto. Que seja forte.

Ficou de novo em pé, apenas balançando-se estúpida e grotescamente como um anúncio de remédio contra enjôo.

— Segundo *round*.

Com as costas da mão — a atadura solta ficou por um momento enrolada no seu rosto — deu-lhe uma bofetada (não um soco de homem para homem, de poder para poder; apenas seus nódulos contra os dentes do outro, como as patrulhas de dois exércitos chocando-se entre si numa escaramuça local) que abriu seu sorriso mais além dos limites humanos, mostrando o vazio onde se escondia o animal.

Abriu a torneira, meteu a caneca na bacia. O outro continuava sorrindo, apoiado na parede, mostrando os dentes com a nuca na parede e o sangue escorrendo pelo queixo.

Tirou as ataduras, enrolando-as com cuidado

— Você não vale nada. Não serve para nada.

O outro não respondeu. Ainda sorria para o teto, e a comissura dos lábios tremia de vez em quando.

— A única coisa que posso fazer por você é jogar na loteria.

Colocou a mão na bacia e atirou-lhe uma orvalhada de água.

— Estou falando com você. Não tem forças nem para responder a seu amo?

O outro olhou para ele, virando lentamente a cabeça, absorto, longínquo, sombrio, sorridente, tão ausente do amo como um mártir do verdugo.

— Nem sequer consegue falar. Não serve para nada — disse, jogando-lhe na cara a água da caneca; seu olhar continuava calmo, impessoal, sombrio como um recife surgido das ondas.

Um novo cheiro o fez voltar a si; ali estava o indiano, chapéu ajustado, rindo com desdém enquanto mastigava uma coisa qualquer.

— Você não gosta desse emprego? A partir de amanhã poderá procurar outro melhor.

— Dom Lucas...

— Outro melhor — disse, tirando um chocolate da caixa, olhando para o seu interior coberto com papéis decorados imitando bordados, com uma camada de poeira. — Eu preciso de um homem de verdade. Um homem de verdade.

— Dom Lucas...

— Chocolate de primeira qualidade. Presente de uma garota que se interessa por quem nós bem sabemos — disse, levando outro chocolate à boca, aproximando-se para olhá-lo de cima abaixo —, uma garota para um homem de verdade.

— Dom Lucas...

— O quê? Você gostaria que lhe dessem presentes assim, não é? — disse, enfiando-lhe à força um chocolate na boca; seus olhos se abriram mais. — Você gostaria de ter essa garota, não é?

O outro não conseguiu responder, o chocolate ainda na boca, olhando para ele, absorto.

— Eu a tenho preparada para o primeiro homem que... Dom Lucas, eu...

— Não consegue nem falar. Incomoda-o perder o emprego, não?

— Eu hoje não estava bem, dom Lucas. Não dormi.

— Não consegue nem pensar — disse, enfiando-lhe outro chocolate boca abaixo. — Eu preciso de um homem de verdade.

— Estava mal, mas agora estou melhor, dom Lucas — enfiou outro chocolate. Agorapodereiagüentartudooquequiser — disse, engolindo —, dom Lucas.

— Você não serve para nada.

— Agora mesmo, se quiser. Asseguro que agora mesmo posso agüentar todos os *rounds* que quiser.

— Cale-se. Nem sequer consegue falar. O que eu preciso é de um homem de verdade, não de uma rapariga.

— Terceiro *round,* senhor Lucas.

— Olhe-se no espelho. Lave a cara, imbecil.

IV

Passou um inverno primaveril. Depois outro, e mais outro. E aquilo que um dia pareceu um gesto de piedade elementar, sincera e um tanto tosca haveria de se transformar com o tempo na cerimônia anual que comemorava a vitória da inocência. Nada mais que uma rosa, uma mancha e umas queimaduras na dobra número tantos de uma memória branca e alcanforada, fechada a chave.

Ninguém poderia dizer ao certo. Foi um ou dois anos antes da morte de Rosa. O intervalo: alguns poucos meses que para a figura de cor de lã crua — diminuída de tamanho —, sentada de uma vez para sempre na cadeira baixa de vime, tinham transcorrido sem números nem achaques nem ilusões no sussurrante silêncio dos tecidos dobrados e depositados todas as tardes douradas e pardas como ao longo de outros vinte ou trinta ou quarenta anos anteriores em que começara o labor nunca concluído. Um inverno tão suave que ela pôde, inclusive, trabalhar de janeiro a julho com a janela entreaberta.

A luz lhe cairia como então: provavelmente estava endividada. Seus olhos (um rastro vermelho dos óculos e um calo no indicador direito) apenas seguiam o que as mãos já sabiam, o fio que os dedos calejados — sem necessidade do pensamento ausente, esvaído com o rastro de um primitivo e primeiro pretendente do tempo do onça, afugentado por meia dúzia de latidos — dobravam, alinhavavam e passavam e cortavam, elevando de vez em quando o olhar para o nada, a janela suburbana; colocada lá por um gesto fortuito, uma maldição arbitrária com que a sua arbitrária vontade condenava um corpo despeitado numa idade remota que sem transição tinha engolido infância e adolescência e uma tímida juventude envergonhada do seu próprio brotar, sepultada pela vontade embaixo de uma laje de roupa branca que elevava a vista tarde a tarde (um prurido de animal doméstico) para não ver nem manhãs nem tardes nem a chegada dos pássaros nem o vôo das sementes nem o passar dos carros matutinos nem as procissões nem as manifestações sindicais nem os caminhões noturnos que queimavam óleo diesel nem as famílias que um dia fugiram encarapitadas nas carroças, nem as tropas esfarrapadas que entraram vitoriosas pela rua com a baioneta calada e uma manta enrolada no peito, nem grupos silenciosos de homens que não comiam havia três dias, nem os grupos de colhedores errantes que dormiam ao sereno com a mão na foice, mas sim um homem que todos os anos na mesma data subia pela estrada de Macerta montado num burrico para fumar um cigarro no acostamento, dividido ao meio pelo sol, e a aba do chapéu preto inclinada na cabeça com um jeito taxativo e pedante.

Ninguém o conhecia de antes. Não tinha nenhuma relação com o povo a não ser o pagamento da contribuição anual sobre a parte dos terrenos de Nova Elvira que tinha correspondido no testamento do falecido senhor Gros ao pagamento dos seus credores. Quanto à outra parte, Rosa, em nenhuma ocasião, tinha deixado de não pagar.

No princípio falaram que era o administrador. Do quê e de quem ninguém sabia, mas era o administrador.

Um dia começou a sair fumaça da casa. Os piqueniques dominicais acabaram por causa da aparição de um arame farpado e uma placa no portão de entrada, a cabeça de um enorme cão peludo e sujo surgindo de trás de um arbusto para rosnar para qualquer moça endomingada.

— Quieto, *Bulo,* venha aqui.

Começou a correr, mas o cão a alcançou, derrubando-a no chão, farejando seus braços nus, seu decote e seu pescoço, debaixo do cabelo.

Pegadas de alpargatas. Atrás do matagal o busto de um homem que beirava os cinqüenta (com a mesura do chapéu), o formato de um antigo e solitário e perene desdém gravado no rosto de maiólica. Uma pele curtida por um clima de ultramar, fazendo chiar os esses.

— Deixe-a, *Bulo*. Já chega.

Deu um rosnado profundo, latiu três vezes em direção à figueira onde um vulto se moveu.

— Vamos, *Bulo*, venha cá. Desta vez você se enganou — disse, olhando para o céu, aspirando ostensivamente algum cheiro passageiro. — O que é isso, *Bulo*?

Como se jogasse xadrez, adiantando o peão para o rei branco a fim de comer a dama.

— Sinto muito — disse, sem sair de trás do arbusto —, sinto de verdade. Mas um dia vai me agradecer por isso. No dia em que não sentir medo de nada. Também devem ter lido por aqui a fábula dos amigos e do urso. Vamos. *Bulo*.

Ao passar em frente à figueira parou de novo.

— Quanto a você, certamente leu o aviso da entrada. Já sabe o que o espera da próxima vez. Vamos, *Bulo*.

Desapareceu num instante, um gesto de desdém. Quando se virou para olhar para ela, já estava acima, muito longe, incrivelmente longe; um rabo alegre se escondia entre os matagais e uma figura negra subia numa grande reviravolta entre a luz da tarde e a curva da colina. Uma vara que cortou subitamente o galho de um espinheiro.

Depois deram para chamá-lo o namorado da Rosa. A partir da morte dela mudou-se definitivamente para as ruínas de Nova Elvira — que um dia tinha começado a reconstruir —, arrastando tristemente pelos corredores em ruínas, os cômodos sem teto, porões sombrios com um palmo de água, uma existência desenganada e taciturna sem uma companhia além do pequeno e nervoso

e retraído Blanco, de caráter inquieto e desconfiado —
um pobre-diabo sem casa nem família conhecida que,
antes da chegada do indiano, andava atrás das taipas espiando
as mulheres — que o indiano, talvez levado por
alguma idéia de redenção adquirida num país estrangeiro,
numa tarde de janeiro, encontrara vagabundeando
pelos jardins de Nova Elvira e tinha tomado talvez para o
seu serviço ou para acalmar suas frustradas ambições paternais
ou para ambas as coisas, procurando no tempo o
calor de uma família devotada à sua pessoa, e à daquele
cãozarrão enorme e sujo especialmente adestrado para
perseguir os casais domingueiros. Falou-se que era um
homem jovem, prematuramente envelhecido, possuidor
de vultosa fortuna, que em seu tempo tinha se colocado
aos pés de Rosa para tentar alegrar seu coração de madeira.

Mas Rosa não era deste mundo. Rosa coitada, Rosa
boa, Rosa humilde, de grande coração (do tamanho de
uma melancia), Rosa uma santa, criatura do céu, bagatela;
Rosa a boa, Rosa a tonta.

Numa certa época, começou a ser comentário das
mulheres que exageravam a indiferença por se tratar de
um assunto no qual seu sexo mal tinha participação.
Porque ao fim e ao cabo não consideravam Rosa nada,
nem sequer como do seu sexo. Era um homem rico, sozinho,
que tinha feito fortuna na América e voltava para
a sua terra para descansar o resto dos seus dias; que tinha

visto em Rosa uma moça séria, humilde, sem aspirações de nenhum tipo, que levaria sua casa à perfeição e, quem sabe, talvez pudesse lhe dar filhos, se era isso o que ele andava procurando. Mas falou-se, do mesmo modo, que Amelia se opusera por egoísmo, porque desde sua chegada ao mundo estava acostumada a frustrar qualquer empenho de sair da casca, cada dia mais reduzida — o egoísmo aumenta na proporção da resignação —, cuidada por Rosa (com um coração como uma melancia, que podia deixar de bater a qualquer momento), que fazia a comida e limpava o chão e lavava a roupa para ela, porque o egoísmo a impedia de perceber que se, pelo menos, podia viver — comer verduras e batatas cozidas, costurar durante dez horas por dia lençóis e enxovais baratos de noiva — era, sem dúvida, graças a Rosa e, nos últimos tempos antes da morte dela, àquele noivo ou pretendente ou protetor desinteressado que pagava dez a vinte vezes o valor pelos lenços que bordavam para ajudá-las a sobreviver. Que tinha comprado ou desobrigado ou liberado o imóvel de Nova Elvira — "cuja restauração tinha suspendido por causa de um tímido, involuntário não de Rosa, obrigada pela senhorita Amelia" — para oferecê-lo como presente de bodas que ela acabou dissipando, embora apenas pelo involuntário, mimético desejo de morrer no lugar para onde as circunstâncias familiares a haviam arrastado.

Já não seria mais o administrador. O imóvel passou por outro momento de transição, esporadicamente visitado por ciganos e vagabundos e silenciosos casais de idade e condição limítrofe que rondavam o amor sem se decidir pelo sacramento, apesar das visitas do indiano, que para ali voltava em alguns sábados — sobretudo nos meses que se seguiram à morte de Rosa —, talvez para destruir de uma vez por todas — as longas e delirantes noites pelos corredores sem teto, os farrapos de gaze que ainda pendiam de alguns trilhos, os porões com um palmo de água, as escadarias em ruínas, por onde as ratazanas corriam e guinchavam, as lutas a torso nu pelas galerias sem cristais, os lamentos noturnos de um Blanco enjaulado numa caldeira, enxugando as lágrimas e apertando a cara inchada e avermelhada contra o hábito preto de cheiro peculiar que ainda cobria os ossos rangentes, misturando-se com os latidos longínquos de algum cachorro fraco — os sonhos patriarcais que um dia alimentou à vista daquela casa, na companhia da mulher idônea.

Havia se transformado num homem. Um homem de figura desenganada e taciturna, sem a juventude necessária para acertar o último golpe, sem a idade suficiente para não dar importância para isto. Um homem a quem, depois de lutar e vencer ao longo de uma vida cruel e infeliz, era negado o último, único e mais justo prêmio, ao qual, inclusive, desde o primeiro momento, se é que teve durante seus tropicais anos de luta algum momento livre para pensar em consagrações, tinha consagrado todo o seu esforço. Um homem viciado na luta, que recorria à luta para apagar o sonho que anos atrás guiou e justificou toda uma vida de luta — noites de solitário terror, e latidos longínquos, e vozes humanas, e vidros quebrados, e apressadas correrias espasmodicamente freadas e abortadas portas adentro com um riso perplexo, desaparecido de repente na noite ardente para voltar a aflorar em Región, sobre uma toalha de mesa de jogo com quatro naipes nas pontas, num comentário *en passant*:

— Pobre homem. A tonta da Rosa.

V

— Por favor, queira transmitir à senhora sua tia os meus mais respeitosos cumprimentos.

Ficou parada. Não havia ninguém. A uns poucos passos, debaixo do portão fechado, viu um par de alpargatas brancas muito juntas.

Fez uma inclinação de cabeça, tirando a cabeça das sombras para projetar o rosto (um monstro no seu ataúde roxo) com uma reverência arcaica: uma cara de papelão, inábil para a expressão, na qual se materializavam o horror, o tédio, a marca da idade; uma piteira preta com bocal de prata, de onde emergia um cigarro ligeiramente trêmulo, cuja fumaça redemoinhava sob a aba do chapéu. Um terno preto que ficava um tanto justo, de tecido rígido que lá em Tampico, ou em Lochha, ou em Tzibalchen, ou em Papasquiaro, ou sabe-se lá onde, ele devia ter adquirido em caráter mais definitivo do que o de uma mortalha, num último dia de calor, e as alpargatas impecáveis, cujas tiras transpassadas se destacavam sobre as meias três-quartos de algodão preto.

— Eu a acompanho até a esquina. Se você não se importa.

Rosa não respondeu. Com a cabeça baixa olhava para o dinheiro que ainda tinha na mão.

— É um trabalho extraordinário. Parabéns — disse, sem alterar a expressão, abrindo o pacote e tirando um lenço de linho bordado, com iniciais entrelaçadas, L. R., do tamanho de uma borboleta.

— Não para mim. Eu só os engomo. A minha tia faz tudo.

— Ouvi falar muito dela. Uma grande mulher.

Rosa não olhou para ele nem uma vez. Ainda não tinha guardado o dinheiro. Andava a passos rápidos, aproximando-se das paredes para fugir do olhar do indiano.

— Rosa.

Segurou-a pelo braço.

Ela ficou petrificada, atenta interiormente às lajes de pedra. Sua mão começou a fugir de maneira imperceptível, mas com incrível firmeza; o indiano a reteve.

— Rosa, você sabe muito bem o que me traz aqui. Está cansada de saber quais são as minhas aspirações. Só preciso saber se as suas coincidem com as minhas.

Não moveu um músculo; a cabeça baixa em atitude piedosa, olhava para o chão, o dinheiro apertado nas mãos vermelhas, ainda cheirando a água sanitária.

— Você tem medo de responder, Rosa. Você tem medo de me contrariar, porque antes de mais nada existe entre nós uma consideração mútua que você não quer perder. Eu juro pela minha honra, Rosa, que isso nunca se perderá. Antes se perderá este homem que você está vendo aqui. Eu juro, Rosa.

Estremeceu, ia olhar para ele, mas não conseguiu; alguma coisa — a cabeça parada na expectante e atônita atitude de um autômato de porcelana detido ao iniciar o passo de dança — a impediu, calada, transfigurada, fossilizada num instante por um século de poeira e intangível virtude. Provavelmente nem sentiu a mão grande do indiano pousada sobre as suas para reatar o passo de dança frustrado por uma negligência.

— Queria pedir-lhe uma coisa, Rosa. Rogo que pense a respeito, embora não seja necessário que o faça tanto como eu. Eu já não sou jovem, você sabe, e por força tenho que estar muito seguro do que digo quando me atrevo a dar tal passo nesta idade. Não se mova, eu rogo, Rosa, não se mova. Mas mentiria se dissesse que só faço isto por você. Como tampouco faço só por mim, por egoísmo. Faço pelos dois; agora, depois de muito tempo de vacilação, posso dizer isto com toda a certeza. E, quando você pensar, faça-o pelos dois também. E pela sua tia também. Prometa-me.

— Eu não posso lhe prometer nada.

— Prometa-me, Rosa.

— Eu não lhe prometo nada.

— Prometa, eu lhe peço.

— Prometo, prometo.

— Obrigado, Rosa. Obrigado por tudo.

— Não me agradeça.

— Tenho que lhe agradecer, necessariamente. Noto que você está com alguma pressa. Adeus, Rosa. Eu, de minha parte, prometo que, seja qual for a sua resposta, guardarei essas lembranças perto do coração, muito perto do coração — disse, olhando para os lenços, dando à sua voz a entonação do charlatão, que elogia um carminativo para menosprezar o mundo inteiro. — O coração — acrescentou chateado, com uma expressão espontânea de fadiga —, o coração — suspirando profundamente, tirando do bolso um pequeno pacote em papel de seda.

— Rogo que aceite este pequeno presente — um vidro de colônia domingueira, de cor carmesim.

Pela primeira vez Rosa olhou para ele, suas mãos e as dele sobre o vidro de colônia.

— Não me diga ainda. Espere.

Os dois ficaram em silêncio. A expressão dele pareceu se perder, afastando-se por uma paragem de ontem — a planície de Lochha, o adeus a Tzibalche, cavalgando pela noite numa mula, sob bananeiras e gameleiras até alcançar a baía, silenciosa e prateada, umas poucas luzes em fila na linha do cais, entre o chapinhar da água, apoiado na balaustrada do barco que, depois do longo parêntese de luta, devolvia à sua terra —, uma imagem da alma que por um instante aflorou à superfície tentava abandonar a carcerária cara de invulnerável e desprezível massa esvaziada sobre um molde de fanfarronice, aventura, orgulho e tédio e crise, e um certo ar de cruel e adquirida mestiçagem não suficientemente desenvolvida para apagar a nativa e ridícula estreiteza das têmporas mal disfarçada por uns poucos fios de cabelo cuidadosamente arrumados embaixo do chapéu, untados com brilhantina.

— Sou um homem que viveu muito e sofreu muitas desilusões. E esta, Rosa, seria a última. Eu imploro, mais uma vez, que pense, sem se deixar levar pelos sentimentos que a sua situação atual inspira. A caridade e o amor, saiba, podem estar juntos algumas vezes.

— Senhor Blanco.

— Chame-me simplesmente de Blanco.

— Senhor Blanco.

— Você me compreende muito bem. Você não pode aniquilar o seu futuro por um sacrifício estéril.

— Senhor Blanco.

— A sua tia poderá morar conosco.

— Por favor.

— Quem está lhe dizendo isto é um homem que viveu muito, e sofreu ainda mais. O amor — com tom de adivinho, fechando os lábios e virando os olhos — provavelmente não dura mais que 24 horas. Aquilo que fica atrás não é certo, o que está por vir não vale a quarta parte do presente. Quem está dizendo isto é um homem que viveu muito, que sacrificou sua vida por um porvir mais digno.

— Senhor Blanco.

— Um porvir que engana e embaça a visão, que impede de viver de verdade. Mas um dia, Rosa, você se dará conta de que com o amor você vai adquirir a capacidade de viver de verdade, sem a sombra do porvir.

— Senhor Blanco!

— Sabia que não estava enganado. Via isso nos seus olhos. Feliz você hoje que não precisa saber por que está vivendo — disse, entreabrindo a boca com malícia, olhando-a de soslaio, e acrescentou: — É óbvio.

— Senhor Blanco!

— Vou embora, Rosa. Tenho que ir.

— Por favor, senhor Blanco. Não sei o que dizer.

— Você está chorando, criatura.

— Não estou chorando. Só que...

— Digo que está chorando, criatura. Deixe que eu enxugue essas benditas lágrimas. Deixe que as enxugue com o lenço bordado pelas suas mãos. Sei que você passou por muita, muita coisa. Mas a partir de agora eu farei com que as suas penas de amor se transformem em alegrias. Assim, chega. Já chega, criatura.

Ela emudeceu. Olhando para ele com dois olhos como dois botões, um som estertorante saiu da sua boca entreaberta. O indiano levantou-lhe o queixo e, depois de jogar nele algumas gotas de colônia, passou, uma vez mais, o lenço pelo rosto dela.

— O que você me disser estará bem dito. Enquanto isso eu guardarei este lenço para tê-lo sempre perto do meu coração. Muito perto do coração — falou, guardando o lenço no bolso interior, levando sua mão até apalpar o peito e inclinando-se em seguida com um movimento repentino para beijar a mão vermelha, ressecada, que ainda exalava um cheiro de água sanitária.

VI

A porta bateu no batente várias vezes. Uma mão se introduziu pela fresta para soltar o arame, enrolado num prego. Na soleira aparecia um lampião a carbureto no centro da figura negra, iluminando o porão, alguns baús e molduras velhas semicobertas por tapeçarias e colchas desfiadas e borlas de seda roídas pelos ratos.

Havia um vulto atrás. Levantou o lampião para colocá-lo em frente à sua cabeça. Respirava profundamente, enchendo o ambiente com um ronco tranqüilo, deitado no estrado de madeira e coberto com uma tapeçaria de veludo preto com manchas puídas e pardas.

Havia um vulto atrás. Sentiu um calafrio e encolheu o nariz quando a luz do lampião a carbureto bateu em cheio nos seus olhos.

— Acorde.

— Hein? — disse, sonolento, abrindo a boca e virando-se para o outro lado.

— Acorde.

Balançou o lampião na frente dos olhos dele, depois deu-lhe um sopapo. Colocou o lampião no chão e acendeu um cigarro, jogando a fumaça na cara do adormecido. Atrás havia um vulto que se moveu, e o homem piscou.

— O quê? O quê?

— Acorde de uma vez.

Olhava para ele fixamente; a fumaça do cigarro redemoinhava sob o chapéu, que não devia ter sido tirado nem para dormir. Sobre as calças pretas, abotoadas pela metade, caíam as dobras de uma capa aberta, que deixava ao léu um peito branco de aparência infantil, onde apareciam alguns pêlos brancos e encaracolados.

— ... Disse mil vezes que não quero que tranque por dentro.

— Dom Lucas.

— Estava dormindo bem, não é?

— Que horas são? Ainda é de noite; não devem ser nem cinco.

— Você se importa muito?

— Não, dom Lucas.

— Dormia maravilhosamente, não?

— Na noite passada não preguei o olho.

— Devia estar preocupado.

— Não, dom Lucas, não era isso.

— É claro que sim, que era isso. Provavelmente uma grave preocupação lhe tirou o sonho. Parece-me que você é homem de grandes preocupações.

O outro não respondeu, escondendo o olhar sob a tapeçaria que o cobria.

— Olhe para mim.

O outro olhou, só os olhos negros saíam da coberta.

— Diga se dormia maravilhosamente.

— Sim, dom Lucas. É claro que sim.

— Levante-se.

O outro não respondeu, meio sentado na cama — um estrado de madeira cheio de palha e papel, e coberto com uma lona manchada de urina —, tentando com dificuldade manter as pálpebras abertas.

— Uma carga excessiva para os seus ombros fracos.

Havia um vulto atrás. Lançou a baforada para o teto, em silêncio, observando as manchas de luz.

— Muitas preocupações.

Jogou-lhe a baforada na cara, balançando para trás.

— Não durma.

— Ainda é noite. Poderia me deixar aqui um pouco mais.

— Quer dormir para sempre?

— Hein?

— *Bulo*!

Alguma coisa se moveu atrás, o homem abriu os olhos.

— Não, dom Lucas, não. Agora não. Faz duas noites que não prego o olho. Agora não. Agora não. Por tudo o que mais ama, dom Lucas.

— *Bulo*!

Era um enorme cão pastor, sujo, cor de canela, que ficou olhando para ele entreabrindo os olhos — quase encarnados, remelas úmidas escorriam pelo focinho — e bocejando.

— Vamos, suba, *Bulo*.

Subiu na cama de um salto. Lançou um rosnado. O outro retrocedeu. De dentro do capote, envolto num lenço branco, o indiano tirou um torrão de açúcar que atirou para cima, seguido pelo olhar entediado do cão.

— Gostaria de dar uma corrida pelo jardim?

O outro fez que não com a cabeça.

— Gostaria de calçar umas luvas?

O outro voltou a fazer que não, olhando para o cão.

— Então, o que você gostaria de fazer?

— Deixe-me dormir, dom Lucas. Leve o cão. Deixe-me dormir.

— É uma criança. Não pode lhe fazer nada. É uma criança.

— Dom Lucas, prometo-lhe que amanhã. Dom Lucas. Prometo-lhe que amanhã.

— O que você sabe de amanhã? O que sabe você disso, imbecil?

— Deixe para amanhã, dom Lucas. Deixe.

— Você me deixa preocupado — esmagou o cigarro com a ponta da alpargata, fez uma expressão de desprezo —, realmente me deixa preocupado. Não tenho mais remédio a não ser tomar uma resolução que nunca acreditei que fosse necessária.

— Dom Lucas.

— Você me obrigou a isso.

— Eu não queria fugir, juro.

— De qualquer forma, não voltará a acontecer.
— Sinceramente lhe digo que não queria fugir.
— Estou castigado. Uma e não mais...
— Digo sinceramente. Juro pelo que mais quero.
— Cale-se.

Atirou outra vez o torrão para cima. Em seguida ficou olhando de perto até que com um rápido movimento este se espatifou na cabeça de Blanco. O cão saltou, afastando Blanco com uma patada e fuçando na cama para procurar o açúcar.

— Negra ingratidão.

— Dom Lucas, digo de verdade. Eu só queria dar uma volta — o cão olhava para ele calmamente enquanto mastigava o açúcar; em seguida bocejou. Sentou-se na borda da cama, acariciando o peito do animal.

— Tenho me sacrificado como um pai por você. Larguei tudo por você. Para fazer de você um homem. Um homem que pudesse andar pela rua com a cabeça bem erguida, digno de tal nome. E veja de que maneira me paga: fugindo de casa para rondar uma prostituta. Para se largar com uma prostituta qualquer. Essa é a maneira que tem você de pagar tudo o que eu fiz por você. Eu juro que me dá vontade de arrancar sua pele, vagabundo!

Levantou a voz, levantou as mãos para o alto em atitude dramática para afundar a cabeça nas mãos, retendo a respiração.

— Dom Lucas...

— Só posso confiar em você, *Bulo*. Só você me oferece amizade verdadeira. Está bem, *Bulo*, está bem.

— Dom Lucas...

— O que seria de mim sem você? O que seria de mim? — tirou outro torrão de açúcar, o cão avançou a cabeça. — Você sabe o que eu tenho feito por ele. Um pobre-diabo que não tinha onde cair morto — o outro meteu-se na cama, baixando os olhos; levantou um pouco a coberta para esconder a cabeça e se benzeu rapidamente. Dom Lucas o viu —, e aí está ele agora: bem alimentado, bem vestido, herdeiro de uma fortuna nada desprezível, acossado por todas as moças casadoiras do país... Está bem, *Bulo*, já que ele quer assim, o deixaremos sair, com a condição de que não volte a pôr os pés nesta casa.

O outro, debaixo da coberta, começou a chorar.

— Não era isso o que você queria? Responda.

O outro não conseguiu responder.

— Vamos, *Bulo*, tire-o daí — disse, jogando o torrão na cama ao mesmo tempo que levava o lenço ao nariz para aspirar o perfume da colônia barata. O cão levantou as cobertas, rosnando na cara dele. Dom Lucas o agarrou pela camisa.

— Vamos, responda: não era isso o que queria?

— Não, dom Lucas. Sabe que não, dom Lucas.

— Não venha agora bater no peito, entende? Passei a noite toda procurando você pelo monte. Você se dá conta do que isso significa? Percebe o que é para um pai soltar o cachorro para procurar o filho ingrato, ter que amarrar o filho ingrato com correntes para não vê-lo afundar no vício? Percebe, animal, percebe? Não vê que está me enterrando vivo?

Não tinha uma lágrima, o outro baixava os olhos. Afinal soltou-o para enxugar o rosto — o chapéu preto imóvel — e os olhos.

— Essa é a triste verdade, *Bulo* — durante um longo momento permaneceu levando repetidas vezes o lenço perfumado com colônia domingueira ao nariz, aspirando com os olhos entreabertos ao mesmo tempo que acariciava o peito do cão —, só posso confiar em você.

— Dom Lucas, juro pelo que mais amo.

— Você não ama ninguém.

— Juro por tudo o que mais amo.

— Pegue, cheire — disse, estendendo-lhe o lenço.

O outro retrocedeu, colocando os braços debaixo da coberta.

— Cheire, estou mandando — repetiu. De um só golpe enfiou-lhe o lenço no nariz. — Diga, gosta do cheiro?

— Donnucas.

— Você gosta do cheiro?

— Sim, dom Lucas.

— Você gostaria de ter uma mulher que cheirasse assim?

O outro se deixou cair na cama, olhando para o teto e abrindo a boca de vez em quando, como um peixe num cesto.

— Diga, você gostaria?

— Dom Lucas...

— Pensei que talvez fosse a melhor solução. Prefiro que tenha uma mulher em casa a que se largue por aí toda semana em busca de prostitutas. O que você acha disso?

O outro fez um ruído, olhando para o teto. O lenço tinha ficado junto ao rosto; somente a cabeça sobressaía da coberta de veludo.

— Estou lhe fazendo uma pergunta.

— É claro que sim, dom Lucas.

— Está bem. Assim será; para você ver como sou complacente. Antes de um mês irei à cidade e trarei uma mulher só para você. Isso se ela não vier antes, hein? — disse sorrindo, dando-lhe um tapinha no rosto. — O que você diz disso?

— Nada.

— Ah, não diz nada?

— Sim, dom Lucas, muito bem.

— Isso. A senhora de Blanco. Sempre gostei das cenas familiares. Toda a minha vida não fiz mais que tentar me cercar de uma família. E você, *Bulo*, o que diz?

Pegou o lenço de novo — o outro baixou os olhos do teto, observando-o desde o embuço — e aspirou profundamente. Em seguida envolveu um torrão de açúcar nele e o jogou no centro.

— Vamos, *Bulo*, pegue.

Quando tornou a pegá-lo, esfregou o focinho do cão, em seguida desfez o nó e o estendeu no chão com o açúcar no meio.

— Toma. Precisa ir se acostumando com esse cheiro.

VII

Uma mancha numa dobra posterior. A rosa estragada embrulhada em papel transparente de cor amarelo-limão.

— Boooa tarde.
— Chama-se Amelia.
— Eu sei, Blanco, eu sei. Eia, burro. Arre, burro — bateu no lombo, com uma careta de desdém exagerada até o macabro pela sombra reta da aba do chapéu de explorador; sentada na garupa, uma mulher, com o corpo levemente escorado com a apurada postura de uma boneca encostada num sofá, passou pela janela sem prestar atenção em Blanco, que a seguiu a passos curtos, o olhar no chão. — Já sei, Blanco, já sei.

Dentro não se ouvia nada. O ar frio da penumbra e a roupa limpa, uma mão inerte que exalava eflúvios de água sanitária, mais imobilizada do que uma barata sob a luz atrás de montões de sianinhas.

— A vida dessas pessoas — olhava somente para a janela —, o sonho de uma mula picada pelas moscas — sob o sol, abrindo uma boca provocativa que parecia acionada por um homem escondido.

Sem dúvida foi a primeira mancha em muitos quilômetros de roupa branca (a respiração entrecortada), o olhar retraído para não ver o ginete, uma silhueta negra tenaz e cruelmente recortada sobre o fundo branco do tecido amontoado nos dois baús que continham o labor de mais de três décadas, anos e lençóis que engoliram idades, um não alvoroçado e um frustrado noivado extinto naquele mesmo ano, 1915.

Nem sequer tinha elevado os olhos do ponto onde estiveram as botas femininas quando já não conseguia ouvir — atrás da janelinha fechada — a respiração entrecortada; as botas atrás da porta fechada se detiveram uma vez mais ante a outra porta, a expressão obstinadamente detida com aborrecimento e segurança, não envelhecido, mas maduro, o transe cruel e ultrajado de um ontem cuidadosamente guardado por uma consciência implacável, encostando na grade até que o quarto fosse invadido pelas franjas roxas fundidas com sua silhueta —

cortada pela palmeira antiga que pendia amarrada com fitas brancas — para avançar o rosto (um monstro saindo de uma urna roxa) quando o quarto se iluminou pela luz cor de toucinho estendida sobre os desordenados trabalhos brancos de onde pareceu brotar o aviso pálido, transfigurado, híbrido do ontem, a máscara do ódio conservado intacto na efígie falecida e ressuscitada moldada na farinha branca e inconsistente de um sonho extemporâneo e envolta no rançoso fôlego da cara de papelão surgindo insuportavelmente invencível; mil vezes destruída e mil vezes recomposta com uma mistura da mais barata cola de carpinteiro e da mais barata brilhantina a granel, trazendo consigo a mão branca e apapelada e peluda — o corpo inclinado, a aba preta, o olhar unindo todo o horror acumulado durante trinta anos de insônia —, que caiu sobre o seu pulso para lhe cravar as unhas ao mesmo tempo que torcia sua mão.

— Parece que cheguei a tempo. Não lhe parece, velha?

Não se tinha alterado. Não tinha levantado os olhos nem movido a outra mão, que ainda segurava a agulha.

— Atrevo-me a pensar que não esperava minha visita. Mas eu não me esqueço das velhas amizades. Eu não me esqueço nunca nem das dívidas que tenho que pagar nem das pessoas a quem devo um favor. Não me esqueço nunca. Você, sim — disse, enquanto torcia sua mão.

Ela sabia mais ou menos. Provavelmente Rosa tinha começado a contar alguma coisa à senhorita Amelia, reumática, desmemoriada, quase surda e provavelmente caduca, enquanto sentadas junto à janela ajudavam-se a enfiar agulhas, alinhavar e amaciar e bordar um enxoval de noiva mediano, mera conversa de uma tarde de costura. Rosa podia ter lhe contado — não para ser ouvida pelos ouvidos semi-surdos e indiferentes, mas para, de algum jeito, ouvir de novo, ainda que fosse dos seus próprios lábios, e acreditar de uma vez na tarde anterior. Quase sorridente, atordoada, vacilante e em algum momento inquieta, tentava com palavras veladas e perguntas de aparente ingenuidade adentrar um terreno desconhecido no qual — por um simples juramento, o obséquio de um vidro que não chegava a 20 pesetas e um fogoso, reprimido, beijo na mão — se acreditava especialista. Talvez também a tenham estranhado suas próprias palavras, tanto aquelas que eram apenas escutadas sem ser ouvidas como as que ela guardava por pudor esperando e confiando que a capacidade receptiva da senhorita Amelia conseguisse extrair do silêncio sem apelar à sua vontade, e sem contrariar o seu recato; foi abandonando um sorriso estéril, o rosto crédulo disposto a acreditar que o seu entendimento ainda resistia a considerar se por um milagre da sua natureza a senhorita Amelia tivesse deixado entrever o seu tácito e adequado sim, à medida que ia ouvindo, sem se precipitar, a antecipar o medo e a incredulidade com relação àquilo que ela mesma sabia que seria contado ao perder os olhos no vazio, o vespertino silêncio dos bordados dourados, o mortiço tique-taque do despertador atrás que acentuou seu som para marcar a mudança de estado de um corpo que abandonava o limbo para interessar-se definitivamente no tédio vespertino, mais que o trânsito da desilusão à resignação, mordendo os lábios e cravando repetidas vezes no mesmo ponto do dedo, ao querer se concentrar num ponto do tecido para alçar a vista mais além do vidro esverdeado, de tardes e tardes de futuro labor.

— E o que mais?
— Não, nada mais.
— Nada mais?
— Nada mais.
— Então, o que quer esse senhor?
— Nada, não quer nada.
— Então, por que demonstra tanto interesse?
— Interesse?
— Interesse, sim, interesse — com as mãos paradas, olhava para ela por cima dos óculos. — Você mesma me disse que ele a fica esperando na porta da igreja e a acompanha até a esquina.
— É que quer que eu faça uma roupa para ele.
— Roupa? Que tipo de roupa?

— Lenços, talvez, camisas.

— Você não sabe fazer camisas de homem — acrescentou em seguida: — Não lhe estará cortejando?

— Hein?

— Será que quer se casar?

— Não.

— Como você sabe que não?

— Sei lá. Talvez sim, talvez sim. Talvez queira se casar. Não sei.

— Não volte a vê-lo. Não volte a lhe dar confiança. Se voltar a incomodá-la, dê-lhe as costas e venha direto para casa. Entende?

Mas ele sabia, apoiado com os cotovelos na grade, empostado e provocador, simulando uma atitude puramente reflexiva e voltando-se de vez em quando para jogar a fumaça do cigarro sobre a cabeça cor de lã crua, humilhada sob o peso da sua sombra.

— Você não teria se lembrado de me convidar para o casamento, não é mesmo, bruxa? Nem sequer se lembrava de que eu continuava pisando na terra. Não pensava que eu poderia voltar qualquer dia, não é mesmo, velha imbecil?

Quando retirou a mão tinha surgido no seu pulso, mais milagrosamente do que se brotasse de uma relíquia de madeira, uma primeira gota de sangue do tamanho de uma joaninha, que escorreu velozmente pela mão, como esporeada por uma longa e sombria clausura, para gotejar várias vezes na branca imaculada memória estendida no seu regaço.

— Onde ela está?

Ela não respondeu. Ele sabia: Rosa tinha saído naquela mesma manhã para Macerta, a fim de receber a pensão bienal que bem administrada durava só alguns meses. E não tinha que voltar — ela mesma tinha contado — até bem entrada a noite, fazendo o caminho a pé desde a parada do transporte do Auge, não muito longe da vila de Nova Elvira, que devia atravessar.

— Onde ela está? — repetiu, já era noite. Tinha começado a tiritar; não tinha mexido a cabeça nem a mão sangrante nem o olhar cravado na roupa, mas começou a tiritar.

— Já pode se despedir desse casamento. Não pretendo permiti-lo. Não pretendo permitir por mais tempo que faça sua vontade com o que me pertence. Sim, ela me pertence e agora sou eu quem manda, está ouvindo? Já pode se despedir dela. Quem é esse noivo que você arranjou?

Não levantou a cabeça; estava tiritando.

— Quem é esse Blanco?

"Que vá embora. Não permita que continue aqui. Que vá embora. Que vá para sempre. Leve-o. Leve-o para sempre. Deus. Deus. Deus."

Mas ele estava ali, quase de costas, deixando que a luz cor de osso iluminasse uma bochecha de maiólica, um vinco modulado pela raiva, esmagando os cigarros no parapeito da janela, a ponta queimada de um lençol. Em seguida, o salto de um gato na escuridão, a rua vazia, o muro atrás. O monótono tique-taque às suas costas cresceu em ênfase, estendendo sobre o cômodo em penumbra o rigor das horas. Quem sabe se tantas e tantas dobras de roupa branca alcanforada não tinham conseguido adormecer o ouvido para exacerbar a audição interna e premonitória — um pré-ouvido exacerbado e preciso, mais certeiro e terrível que aquele equívoco sentido externo quanto mais afogado o grito num berço solitário — de um transe final, os gestos de violência em torno de uma Rosa agitada, a última tentativa de liberação vencida e silenciada pelo abraço final, num berço solitário.

De repente começou a correr. Abriu a porta, mas o braço de Lucas a deteve.

— Quieta, velha. Onde pensa que vai a estas horas?

Não olhava para ela, apoiado com elegância na soleira da porta, oferecendo-lhe a aba do chapéu, mas para as botas pretas antigas (abandonadas durante longas temporadas) com os cordões soltos.

— O tempo não passa em vão — disse Lucas, sem se mover.

E ela retrocedeu, arrastando penosamente os pés disformes, procurando às cegas o trinco.

— Pode ser que as suas botas sejam as mesmas, mas os seus pés mudaram.

Ainda tentou virar-se uma vez mais.

— Suas botas.

Fechou a porta com um golpe. Depois a outra. Acendeu a luz elétrica, fechou as venezianas. Durante um longo momento o tique-taque do relógio foi abafado pelo insistente e despreocupado tamborilar dos dedos dele nos vidros de fora.

"Deus. Deus. Leve-o. Leve-o daqui. Deixe-me costurar. Costurando sempre. Por Deus. Por Deus. Por Deus. Por Deus."

VIII

— Saia daí.

Dentro ouviu-se uma voz abafada repetida pelo eco da caldeira, passos que ressoaram por dentro.

— Saia daí, estou dizendo. Tenho pressa.

Ao fundo do buraco apareceu uma cabeça pequena. O indiano meteu a mão na torneira e, agarrando-o pelos cabelos, puxou Blanco pela cabeça, como um pano de chão de dentro de um balde de água suja.

Antes que o sol lhe batesse no rosto tinha levado uma mão aos olhos para esconder as lágrimas.

— Vamos, estou dizendo que tenho pressa.

O outro enxugou-se com os dedos.

— Não sabe que dia é hoje?

Na mão levava o embrulho: um papel transparente de cor amarelo-limão que envolvia uma rosa murcha. Tinha feito a barba, colocou uma gravata preta e limpa e alpargatas novas. Uma mecha de cabelos como aparas metálicas tinha se amontoado atrás da orelha e todo seu rosto e sua figura — robusta e desproporcionada, a cabeça enorme, uma furiosa e contida aposta para vencer sua medíocre estatura — virada de costas para o sol à altura dos matagais parecia coroada por uma aura de vigorosa, composta e reconcentrada beatitude.

O outro, acercando a cabeça da boca da torneira, não se atreveu a olhar para ele.

— Já sei, senhor Lucas, já sei.

— Não sabe. O que você pode saber? — olhou para ele, sorrindo com superioridade.

— Sei, sim, senhor Lucas. Não me diga que não sei.

— O que você pode saber?

— Não me diga isso, senhor Lucas. Eu me lembro bem — disse, benzendo-se.

— Vamos ver: diga que dia é hoje.

— Não queria lembrar — disse o outro, vagamente, apoiado na piteira e escondendo-se do olhar do indiano, olhando para o jardim —, só queria não voltar a me lembrar disso nunca mais na minha vida, dom Lucas.

— Vamos, diga, ou vai ficar aí para sempre.

Baixou a cabeça. Dom Lucas acendeu o segundo cigarro, olhando a fumaça sem deixar de sorrir.

— Hoje faz um ano que a Rosa morreu.

Dom Lucas — olhando a cinza, batendo no cigarro com o dedo mindinho — fez um não com a cabeça.

— Não — acrescentou.

— Hoje faz dois anos da morte de Rosa.

— Não.

— Três anos.

— Também não.

— Vai para dois anos, dom Lucas. Que eu caia morto aqui se não faz dois anos que...

— Eu disse que não. Acho melhor você refrescar a memória.

— Hoje não, dom Lucas. Hoje não posso. Não dormi a noite toda. Dom Lucas...

— Estamos em 12 de julho. E a Rosa morreu em 22 de maio. Não se lembra?

Era certo; não era o aniversário da morte dela, era o aniversário do dia em que exumaram seus restos, quase dois meses depois do seu desaparecimento. Foi o próprio

Lucas quem a encontrou num 21 de maio e registrou queixa na delegacia, quando — segundo se dizia —, uma vez recomposto de tão duro golpe, tinha decidido tomar posse da propriedade que legitimamente lhe correspondia por morte sem descendência nem testamento nem parentes reconhecidos da sua autoproclamada prometida e co-proprietária, Rosa García, filha natural — no dizer daquela gente, com tácita comiseração com relação ao passado violento, insepulto e insubornável do seu povoado — de um certo Gros, aquele jovem violento — morto na flor da idade, ou daquele pai falido ou quem sabe da própria Amelia; um cadáver decomposto, tão-somente reconhecível pelo escapulário, um hábito preto em farrapos e um moedeiro vazio no qual só tinham achado um vidro de colônia barata, que só continha líquido, sem cheiro nem cor.

Aquilo pelo menos contribuiu com uma razão para que se admitisse tudo: o roubo, a tentativa de violação, a fuga desesperada por medo da senhorita Amelia, a virtude perdida naquela mesma tarde, o desgraçado encontro de amor numa caldeira abandonada da qual não conseguiu sair.

— Falo no caso de um dia lhe ocorrer se mandar por aí, atrás de alguma prostituta...

— Isso não, senhor Lucas, juro. Isso não voltará a ocorrer. Juro, senhor Lucas, que nunca mais sairei daqui.

— Você é um monge, Blanco. Isso está bem. Vamos, saia daí.

O outro — chamado Blanco — fez um gesto de dor. Tinha a bochecha esquerda inchada, os maçãs do rosto salientes, os olhos fundos e vivificadamente fixos, que já não pugnavam por olhar nem sequer fluir atrás da luz aprazível, nas manhãs de sol, nas prolongadas tardes, nos anos furtivos flatulentamente idos e vindos pelos caminhos amarelos e os azevinhos solitários até as cordilheiras azuis, pelos suspensos e entardeceres de maçã, pelas noites limpas limitadas apenas por latidos longínquos e escondidos, definitivamente parados naquele 22 de maio em expansão; seus próprios passos detidos e expandidos naquela noite, correndo do cão ofegante pelo jardim e seu fôlego em expansão; a sombra, o berço, o perfume; os gritos histéricos — "Senhor Blanco, senhor Blanco, senhor Blanco, Blanco, Blanco, Blanco" — que balizaram os estertores do seu corpo debaixo do cão como contínuas e silenciosas explosões; seu corpo (com uma mistura de correia e colônia) esticado e nodoso e repentinamente quieto depois de aceitar seu peso como rubrica e último recurso contra o ultraje da morte, em silenciosa e enferma expansão, exalando os últimos suspiros ao mesmo tempo que a figura crescente do amo surgia do fundo, as alpargatas brancas muito perto da sua cabeça; o terno preto recolhendo o moedeiro com o sorriso em expansão, dentes brancos, um arranhão no rosto, num instante calmo e crescente, liberado pelo fogo de algumas notas que o senhor Lucas — corando diante da lua — deixou cair no chão; a lua discretamente parada no 22 de maio para contemplar como o cachorro olfateava entre as sarças o cheiro intenso perdido, crescente unido pelos séculos dos séculos ao vôo do lenço levado pelo sorriso cortante e crescente para esfregá-lo no nariz, para depositá-lo, afinal, nas últimas brasas entornando um pouco daquela infernal colônia que o cachorro latiu; até a caldeira de tijolo diante da casa, onde havia, pelos séculos dos séculos, de transcorrer o infinitesimal e duradouro bocejo de um 22 de maio infinitamente expandido incolor e inodoro em incontível e silencioso crescendo mais além das paredes enferrujadas, onde aninhou, entre porcarias acumuladas debaixo da torneira, o fúnebre amor transformado em matrimônio místico na medida em que seus braços nus foram desinchando, e se esvaziaram suas órbitas, e desapareceu seu nariz dourado, e surgiram os ossos, cor de ratazana, e os sorridentes e caleidoscópicos dentes, no entanto ficou o hábito com o cheiro peculiar e um leve rastro daquela diabólica colônia que ainda — e pelos séculos dos séculos — embriagava-lhe os sentidos, em que enxugava o suor e as lágrimas, que todas as noites — impotente e desesperado — torcia com as mãos até formar uma grande bola, que introduzia na boca até provocar náusea; como depois — pela torneira circular — as manhãs voltavam após noites de latidos longínquos e obcecantes figuras e provocadas náuseas, fugindo de uma data, fixando no zumbido dos insetos em torno da boca da torneira a expansão de um ontem, a esteira de um perfume.

O indiano o ajudou. Em seguida levantou-se a custo, deslizando de cabeça para baixo para fora da caldeira.

Antes das nove já estava no cemitério. Uma rosa que contava 51 dias, cortada em 22 de maio, depositada no túmulo, sem ostentação nem cerimônia nenhuma, sem tirar o chapéu nem ajoelhar-se para isso, em 12 de julho. Em seguida dava 10 pesetas que — segundo ele próprio gostava de explicar — correspondiam não aos juros, mas à amortização de algumas pesetas gastas nas exéquias da virgindade e das virtudes da raça.

— O que você faria com tanto dinheiro? — perguntara naquela noite, ao mesmo tempo que pisava a mão quando ele, segurando as calças com a outra mão, se lançou pelo moedeiro. Em seguida acendeu um fósforo — ele tirou a mão — olhando para ele fixamente a um palmo do seu nariz. — Isto é o mínimo que você deve pagar.

Ficava atrás. Quando alcançava a janela acendia outro cigarro, que colocava na comissura dos lábios, apoiando-se na grade até que, lançando a última baforada pela fresta da persiana, esmagava a bituca na sianinha.

— Acabo de levar umas flores à sua última morada. Vamos ver quando poderei fazer o mesmo por você, velha imbecil.

DEPOIS

Chamaram de novo.

Raras vezes tinham aberto a porta do quintal, que permanecia o ano todo fechada com um cadeado bolorento e trancada com uma barra de ferro. Porém, em quase todas as tardes de domingo — e alguns feriados —, os guizos que pendiam de uma fita preta no final do corredor eram repentina e violentamente sacudidos pelas chamadas urgentes e fugazes, que deixavam agonizar pelos corredores em penumbra da casa. A porta nunca fora aberta como conseqüência da chamada, irremediavelmente frustrada ao longo do triste decorrer dos anos e das tardes mortiças, nem tanto pelo fato de que já não restasse na casa nenhum empregado de boa vontade, nem de que tenham deixado de receber visitas ou recados ali desde tempos imemoriais, mas principalmente pela indiferença dos homens que a habitavam, indolentemente sentados nas cadeiras altas que ainda restavam em pé de uma austera sala de jantar — de madeira preta e ossuda, esculpida com cabeças de conquistadores romano-espanhóis comidos pela traça, segurando uma taça na mão com o olhar pelas manchas azuladas de umidade e pelos pálidos reflexos do entardecer nos chãos, toda vez que agitavam — com a desesperada e impotente raiva infantil que o som e o balanço conferiam à pequena casquinha prateada — os guizos pendurados na fita de seda preta.

Não era o medo. Não era o medo, nem o tédio; era mais um costume, uma atitude frente ao irremediável; porque aquelas chamadas — nas pálidas tardes, horas evanescentes concentradas no fundo de uma taça, diluídas pelos corredores silenciosos imersos na outonalidade e na pobreza — só podiam ser o costumeiro aviso ante o perigo iminente.

Em outro tempo a casa tinha tido certa elegância; uma residência de três andares, construída num terrreno afastado com a honorável pretensão de um dia figurar no centro mais reservado de um futuro bairro nobre — aproveitando e cedendo um conjunto de corpulentos olmos para uma quimérica praça pública, para a qual inclusive foi projetada uma fonte ornamental, represando-se um regato cujos lábios cadavéricos estavam semeados de caçarolas velhas e panos desbotados postos para secar — e condenada para sempre, rodeada de hortas insalubres, pequenas e escuras, e esgotos pestilentos, e pirâmides de latas vazias, e barracos de zinco, e lonas; e pântanos de água parda, a encabeçar o sumário das invenções hiperbólicas de uma sociedade hiperbólica; pontilhada de pináculos e estípites, e brasões simplórios — mais falsos que os das hospedarias de bom-tom —, e cabeças leonadas e atrevidas e maledicentes gárgulas, que se um dia pareceram capazes de acender o orgulho e alterar a ordem de um povoado progressista, estavam hoje reduzidas à absorta e melancólica assistência da sua própria instablidade; chaminés e fachadas inglesas ou alsacianas, ripados e balaustradas e varandas vencidos que pareciam ter iniciado o primeiro e secreto movimento anterior à queda — estalar de tábuas e prefigurações de ruínas, hóstias de cal na água suja —, o dia em que as águas do tempo terminaram, por fim, de socavar os muros para restabelecer o verdadeiro equilíbrio do caos; havia atrás uma cerca coroada por uma armadura de espinhos, com uma porta de ferro, que encerrava um pequeno jardim presbiteriano e uma parreira virgem sustentada por postes de madeira, que sombreava a varanda onde, nos dias frescos, os homens se sentavam em torno de uma velha mesa de madeira crua para aproveitar o vento norte ou contemplar o pôr-do-sol nas montanhas onde os nomes aristocráticos se tinham refugiado, as Colinas de Antelo, ou São Murano, ou Valdeodio, ou as Planíceis de Bobio, com uma garrafa de *castillaza*, é claro.

Deviam beber bastante. Era, sem dúvida, o mesmo costume, outro aspecto do mesmo caráter. As únicas pessoas que os visitaram ao longo dos últimos anos — a mulher da comida, o homem do vinho, a mulher da roupa, a mulher da vingança e, algumas vezes ao ano, o doutor Sebastián, uma delas em caráter solene — haviam de encontrá-los com o copo na mão, o olhar perdido. Poucas pessoas — talvez só uma — deviam compreender até onde chegava aquele olhar; talvez ficasse muito perto (muito perto, remota e ancestral, iniciada ao acaso com o primeiro gole e dirigida ao acaso pelo formato do espaldar para terminar com o último gole — até semanas mais tarde — obliquamente perdido sobre os últimos despojos confusos de um oblíquo e duvidoso ontem) ou talvez se conservasse (através do copo) atonitamente enfeitiçado pela coloração repentina da tarde quintessenciada no fundo de *castillaza* e vinculada — apesar de mil brilhos espúrios e saltando por cima de mil e mil odiosos (existia ainda pendurado na parede um velho relógio de pêndulo que jamais tinha marcado a hora convencional, mas cujo silêncio era capaz de enchê-los de inquietação; muitas noites parava de repente, mas levantavam a cabeça e largavam os copos; o mais velho deles, conservando melhor o equilíbrio, subia numa cadeira e dava corda; se, por acaso, soava o carrilhão, deitavam-se acordados para entrar num breve êxtase de amor e pesar pela infância) tique-taques — a um certo cheiro de travesseiro e a um certo olhar na noite de um pai cansado e a um certo longínquo, mas não passageiro, brilho de um ombro feminino numa escada; e em seguida, a corrida, ao saltar por cima do vigia noturno, escada abaixo, que interiormente tinha que perdurar até sempre (até apagar no seu rosto o brilho do ombro), quebrada pela presença instantânea do pai, que avançou para ele para trazer consigo o definitivo término de uma escapada concluída, uma porta fechada, uma malha metálica, o suspenso adeus a uma ambição infantil dissolvida e liquidificada no copo de remédio torrencial que tinha que provocar seu primeiro vômito por cima das mantas apertadas. Mas não se tratava tanto daquilo que esperavam como do tempo que levavam nisso: semanas inteiras — pensava o doutor —, gerações e gerações de abortivas e infinitesimais tentativas de abandonar o espaldar e afastar o copo; de heróicos e infinitesimais atos para vencer a forma liquefeita do nada para outra não menos solitária, mais ambígua, desolada e inquietante, mas menos espetacular do que a espera.

Não eram surdos; nenhum deles era surdo. Não tinham chegado nem sequer à idade de começar a perder o ouvido. Era sobretudo o ouvido que — através do copo, sentados nas cadeiras da sala de jantar de espaldar alto de palhinha — eles estavam tentando educar e fortalecer para o momento definitivo da prova. Sabiam que tinha que vir; sabiam, inclusive, que não demoraria, mas não sabiam com certeza o quê; chegaria o momento, sem dúvida, em que, depois da morte do pai, o filho recuperaria sua personalidade jurídica e teria que sair da casa para tomar posse de alguns bens que os antigos sócios administravam — antes que as águas alcançassem o nível da sala de jantar —, tal como, ao que parece, lembrou-se ante um advogado de renome, no dia seguinte à morte e no mesmo lugar onde..., ou talvez a mulher da vingança — que muitas tardes se aproximava do lugar, envolta num casaco e com um lenço amarrado na cabeça, para olhar por trás das árvores — conseguisse entrar antes, ou talvez a viessem procurar caso se chegasse a saber o que tinham feito com aquela mulher. Tratava-se apenas, dizia o velho, de saber esperar ("se tiverem que vir, virão logo"), quando se espera e se sabe esperar mais do que se deve pode ser inclusive que não aconteça nada e se encontre... a eternidade. As manhãs, de certo modo, eram calmas, mas barulhentas; o barulho da roldana embolorada, a água suja dos sótãos que regurgitava por ralos insuficientes, os lavatórios, gargarejos terríveis e penosos; que duravam até o meio-dia e pareciam infundir em todo o subúrbio um ambiente matutino de novo mundo e barulho de vidro ordinário desde a primeira hora da manhã até que o sol começava a declinar introduzindo nas paredes da sala de jantar as sombras reverberantes das folhas movidas pelo instante sutil e estranho aparentado de alguma maneira — o balanço das velhas cortinas comidas pelos ratos, os rangidos da madeira — com a corrida violenta da infância e o rito do ombro na hora vazia, solene, familiarmente condicionada em que os habitantes da casa pareciam imersos num sono interminável, nos quartos do segundo andar. Nas tardes... era outra coisa; voltavam a descer quando o sol se aproximava do ocaso; voltavam a sentar-se em frente aos restos da noite anterior, o ouvido instintivamente inclinado em direção à varanda para alcançar toda a amplitude daquele silêncio singular, enfatizado pelo relógio — quando a luz em retirada alaranjava o piso —, que inclusive eram capazes de perceber as tardes de domingo, além da campainha furiosa e insistente, mas incapazes de aniquilar o silêncio, voltando majestosos depois do eco do último som frustrado, como o brilho da lua momentaneamente ofuscado pela queima dos fogos de artifício, que se extingue com uma nuvem de fumaça e vozes infantis.

Talvez acreditassem que depois daquele silêncio — além das taipas enegrecidas e das árvores cujas sombras duplicam seu volume à hora do crepúsculo, onde, desde muitos anos atrás, somente se tinham atrevido à aproximação com a premonição e o medo — houvesse alguma coisa. O velho, sim. O velho sem dúvida sabia, embora fosse só pelo fato de que se não houvesse nada, um ouvido tão inconsciente como o do jovem não viveria na escuta permanente; que se não houvesse nada, um ouvido tão tenaz e ávido o despertaria ao fim do oculto poder das sebes e das corpulentas árvores e da água adormecida e superficial, mas enchente; um momento desconhecido e voraz que havia de procriar, inflando a si mesmo, a sombra terrível da vingança sobre a pequena casa. Todos os dias, com efeito, a primeira hora da manhã aparecia por aquela janelinha do lavabo, protegida por uma tela metálica: um rosto branco, espatulado, descuidado e contraditoriamente simples (os olhos saltados e o cabelo prateado), que se diria ter alcançado certa maturidade quarentona por uma simples justaposição de cãs e anos encerrados em casa. Não fazia nada, somente olhava com fixidez, uma estucada melancolia. No dia em que seu pai morreu estava ali — os olhos saltados e o cabelo coberto de poeira —, olhando em direção ao campo, quando chegaram os amigos do pai num táxi preto. Tinham-no vestido de luto, e antes de começarem a andar — detrás da porta entreaberta — colocaram na sua cabeça um chapéu preto de grandes abas largas; um amplo casaco preto que chegava aos tornozelos, para presidir o luto — escoltado pelos amigos e sócios do pai, que, dali para a frente, deviam velar pela sua saúde.

Até então haviam tocado pelo período de quase vinte anos, mais que sua juventude, toda sua inicial reserva de paixão. Haviam tocado com insistência, mas nunca com pressa, como se em vez do passado vingativo se tratasse apenas de uma mão infantil — saída das águas — que tocava a campainha por uma brincadeira inocente que devia por força lembrá-los — embora os habitantes da casa tentassem esquecer, pretendendo flutuar sobre o horror das águas — do afundamento final que um dia ou outro havia de sobrevir, revivido todas as semanas pela campainha premonitória. Nos últimos dias ou tinham tocado com mais força ou começavam a envelhecer. Não podia ser outra coisa; até os copos — parecia — haviam começado a tilintar como se o trem passasse perto da casa; até as mãos de alguém tinham começado a tamborilar com inquietação na mesa (ou na caixa) de pinho. Mas ele continuava ali, o olhar mantido por aquela mistura de álcool e antiga paixão permutada em paz interior desde o dia em que — depois de bater nele, só o mais velho sabia como e por que motivo, e por fim instintivamente convencido, mas não dissuadido — conseguiu apagar sua escassa porém inflamável dose de esperança. Mal ouvia; não tinha necessidade de ser surdo, "os tempos que se avizinham são tão ruins", tinham dito, "que não vale a pena sair de casa". Depois de morte do pai quase não tinha pronunciado quatro palavras, um táxi enorme e desconjuntado o devolvera numa manhã à casa e ali ficou, olhando para as árvores pela janelinha do lavabo e as tardes sentado em frente à varanda, com um copo sujo cheio de *castillaza*, no mesmo misericordioso abandono em que seu próprio pai o havia deixado ao morrer.

Fora avisado por um dos antigos sócios, sem dúvida o mais jovem: um homem que beirava os quarenta anos, de maneiras pulcras e reservadas nas quais se adivinhava uma profissão administrativa; trocou o terno habitual por uma indumentária mais adequada — exalava intenso perfume de barba recém-feita — e trouxe consigo um grande pacote embrulhado num papel de tinturaria. Não falou com ele; somente foi avisado pelo velho fazendo saber que, ainda que o pai, ao morrer, não tivesse expressado nenhuma vontade nesse sentido, era desejo unânime de todos os seus amigos e parentes que encabeçasse o luto daquele a quem em vida tanto tinha amado. E que, naturalmente, se fazia necessário tomar as devidas precauções para evitar que aquela nova saída implicasse uma nova reincidência em seu terrível — "não sabia como chamá-lo" — vício ou doença.

Colocaram nele, além disso, uns óculos escuros. Não cruzava a soleira da porta havia pelo menos três anos. Desde que o pai — "arrasado de dor" — decidira interná-lo com o velho vigia na casa desabitada do subúrbio, nem tanto para evitar um novo escândalo na sua própria casa — onde tão mal acolhidas eram as visitas do juiz ou do médico ou de qualquer interessado em fazer um pequeno negócio, e as perguntas indiscretas —, mas sobretudo para escondê-lo da família da vítima. Na verdade, o pai suspeitou desde o primeiro momento, e soube logo que nunca houve tal vítima. O velho também não chegou a saber; muito mais baixo que o outro, mal olhava para ele, porque não precisava dele para saber o que estava fazendo nem para onde ia. A limusine parou na frente deles, calados e juntos diante do portão. Ouviram um responsório e se enfiaram num táxi preto, no qual também subiram três ou quatro amigos do defunto.

Quando tiraram o féretro da limusine, ele ficou dentro do carro. Estavam prestes a depositá-lo junto à cova aberta quando meia dúzia deles teve que voltar correndo para o táxi para tirá-lo do assento dianteiro; ele mesmo era uma espécie de figura de mausoléu, que o taxista não conseguia sacudir — o lábio caído, mechas de cãs juvenis sobressaíam por baixo das rígidas abas de feltro preto, os olhos totalmente fixos no pára-brisa para a estrada de macadame que, numa ladeira pronunciada, caía quase reta para os telhados fumegantes de Región. A princípio se negou; quiseram tirá-lo aos puxões, mas conseguiu afastá-los e fechou a porta. Em seguida, movendo o volante como um menino, tentou fazê-lo andar sacudindo o corpo para a frente. Abriram as portas, mas ele subiu no banco e pulou para trás, refugiando-se ali. Quiseram tirá-lo e o agarraram pelos tornozelos. Os óculos caíram, uma camisa deve ter rasgado, um deles começou a sangrar no lábio; ajeitou a gravata e o cabelo e, enxugando o lábio com um lenço perfumado e blasfemando em voz fraca, foi suspender momentaneamente a cerimônia. Era um táxi velho e caindo aos pedaços que aos primeiros golpes começou a ranger. Uma dobradiça se desprendeu, e a porta ficou dependurada, batendo nas costas deles. Um vidro se estilhaçou. Um deles, afinal, agarrou-o pela lapela, mas quando os outros se retiravam sacudindo a poeira, o jovem segurou-o pelo pescoço com uma só mão e o puxou pela janela, forçando com o outro braço até que a outra dobradiça cedeu e os dois caíram junto com a porta sobre o estribo e o pára-lama traseiro. Então se jogaram todos em cima dele, debaixo da roda e com a boca no chão, enquanto outros recolhiam o caído, arrastando-o por baixo do carro entre as rodas traseiras. Começaram a bater nas costas e na cabeça, mas ele conseguiu agarrar outro pela calça e em seguida pelo pescoço, e voltou a jogá-lo embaixo da roda. Começou a gritar; um deles quis bater nele com uma chave; alguém pôs o carro em movimento, mas o de baixo começou a gritar mais alto, até que num instante só se ouviram uns estertores abafados; tinha parado de gritar e jazia no chão com as pernas abertas. Então apareceu o velho em cima dele — um rosto voluntarioso e duro — olhando para ele fixamente, mas sem dizer nada. Estendeu-lhe a mão.

— Saia daí. Deixe-os. Saia daí. O seu pai está morto. Vai ver como agora tudo se ajeita.

Só então devem ter-se dado conta da sua verdadeira corpulência, exagerada pelo terrível terno preto, coberto de poeira. Tinha a testa avermelhada e o rosto sujo de sangue e graxa; a camisa tinha ficado em farrapos, e a gravata — amarrada diretamente num pescoço pálido, voltando o olhar constante e retraído, por cima do carro, para o caminho de volta — parecia apenas o sanguinário e humilhante despojo colocado como definitiva afronta sobre a cabeça do mártir indolente, altivo e atrevido. Em seguida sacudiram-lhe o casaco, a lapela e as calças. Arrumaram-lhe o cabelo, voltaram a arrumar sua gravata, limparam o sangue do pescoço com saliva e enfiaram as fraldas da camisa pela cintura, tapando o umbigo. Deixou que fizessem tudo tudo sem mexer a cabeça nem alterar o olhar — por cima do carro —, que ainda continuava atrás, parado, paradoxal, indefinidamente imerso num tempo de atrás, ausente de toda violência e de toda atualidade. Colocaram-lhe também o chapéu, afundando-o até as sobrancelhas, e os óculos, que tinham caído no chão, com uma lente quebrada. Os outros os esperavam ao redor da cova, sacudindo a poeira.

O velho segurou-o pelas mãos.

— Venha. Vamos enterrar o seu pai. Você vai ver.

Esperaram um longo momento. Ele continuava olhando para o caminho de volta e para a porta do carro caída no chão, que o dono não se atreveu a recolher.

— Venha. É preciso enterrar o seu pai. Voltaremos logo.

Fazia tempo que esperavam. Alguns se tinham sentado nos túmulos ao redor e sacudiam a poeira das calças ou limpavam o rosto com lenços engomados. A alguns passos da cova o velho o deteve e apertou sua mão. Virou um pouco a cabeça, o olhar não tinha mudado: o único olho visível — encaixado detrás da armação dos óculos quebrados como uma bola de bingo na sua apertada cavidade — tremeu três vezes como se obedecesse a três sacudidelas do acaso. Em seguida colocou as mãos entrelaçadas no bolso do casaco e o arrastou até a beira da cova; quando, a um sinal, começaram a baixar o caixão suspenso por maromas, apertou-lhe a mão dentro do bolso — o olho não tinha vacilado, calmo, contemplativo, como se tentasse localizar dentro da vista inconclusa da tarde o ponto aonde uma violência involuntária pretendia levá-lo. Apertou-lhe mais as mãos; cravou as unhas na sua palma enquanto o caixão chegava ao fundo da cova e todos os ali reunidos jogavam punhados de terra em cima dele.

— Você tem que chorar. Você tem que chorar agora.

Fechou os olhos. Apertou os dentes e as unhas e baixou os olhos congestionados, contando até vinte. Quando voltou a olhar para ele tinha fechado os olhos, mas por trás da armação quebrada as pálpebras estavam rodeadas de uma lágrima inicial; não era a mão, nem as unhas, nem o túmulo, nem a presença dos ali reunidos — o velho sabia —, era a repentina e cíclica proximidade do brilho do ombro nu que cruzava o solstício da sua dolorosa órbita para se afastar na vertigem da sombria memória das tardes obsolescentes.

— O seu bom pai.

Voltou a apertar de novo, fincando as unhas, e seus olhos se abriram, o corpo avançado e vacilante embargado pelo vazio da cova, deixando cair — o suco espremido pela mão dentro do bolso — umas poucas lágrimas que correram pela lapela empoeirada.

— O seu bom pai.

Em seguida viraram-no de costas para a cova — o velho o segurava por baixo do ombro —, e um a um os amigos e parentes foram lhe dando as mãos; um deu palmadinhas, e outro tentou abraçá-lo encarapitando-se nele como uma jovem musa que oferece o louro a um poeta de bronze. O mesmo que tinha levado a chave e o terno preto explicou ao velho a necessidade, antes de voltar a trancá-lo, de levá-lo para a casa do seu falecido pai tanto para fazer ato de presença na leitura do testamento como para que o testamenteiro constatasse que não se tinham produzido motivos para invalidação. Somente o velho sabia; ao encomendar-lhe a custódia indefinida o próprio pai lhe comunicou ter decidido uma cláusula de invalidação — "pelo motivo que isso se demonstra incompatível com toda pessoa incapaz de dispor da sua própria dignidade e do respeito que os demais hão de merecer" —, a fim de impedir qualquer outra tentativa de chantagem.

A casa conservava o seu perfume; todas as janelas e venezianas estavam fechadas, assim como uma parte da porta de carvalho — que tinham que encerar todo ano —, com grandes aldravas de bronze polido. Num canto do vestíbulo, uma escrava negra seminua segurava (colonial grandiloqüência do realismo do ultramar) um candelabro flamífero; tinham colocado uma mesa coberta com veludo preto e uma bandeja de prata que continha as folhas de papel e os cartões. Soou uma campainha discreta — quase imperceptível do exterior —, e os introduziram (poucos dias antes de morrer, o pai tinha mudado os empregados) no salão contíguo ao escritório, onde deviam oferecer, antes que o notário chegasse, um lanche de velório. Ele nem sequer se lembrava; era um cômodo convencional, de acentuado mau gosto, ao que parece, entre os aposentos dos prostíbulos e salas de espera das clínicas mais modernas dos anos 1920; conjuntos de sofá e poltronas de metal cromado e tapeçarias em grisalha, raios diagonais e envelhecidos casulos, losangos e triângulos, que um dia talvez tivessem sido roxos e amarelos, e meretrícias tapeçarias de samaritanas portadoras de ânforas e seios nus com fundos de oásis e cameleiros; e planetários abajures de globos e discos de cristal sob os quais sua memória se negava a aceitar um lampejo do ontem.

Sentaram-se juntos; não haviam soltado ainda as mãos dentro do bolso do casaco preto. Uma senhora idosa, nova na casa, com uma roupa que quase chegava ao chão e coberta com tules pretos que não dissimulavam o decote — um peito gigantesco de pele irisada que começava a rachar e a se partir em mil brilhos micáceos — sentou-se com eles e pôs as mãos no seu joelho. Não disse nada; somente inclinou a cabeça com pesar; somente se ouviam seus suspiros.

— Que desgraça, meu Deus, que desgraça!

Em seguida acrescentou:

— Vocês devem estar arrasados. O que devem ter passado.

Em seguida lhe deu umas palmadas no joelho:

— Agora você terá que continuar o negócio do seu pai. Tão jovem.

Não disseram nada. Não devem tê-la compreendido e mal se incomodavam em ouvi-la.

— Vamos tomar alguma coisa quente enquanto os outros chegam. Vocês devem estar arrasados.

Ficou parado na escada. Ela percebeu e virou-se, dando de ombros e levantando o véu como se sentisse calor, mostrando o decote e uns quantos dentes de ouro com um sorriso afetado. Estendeu-lhe a mão.

— Vamos, suba.

Mas o velho não o soltou, puxando-o pela mão dentro do bolso. Ao chegar ao andar de cima — levantando um pouco o vestido e fazendo barulho com uns tamancos — bateu palmas energicamente. Era outra sala pequena, quase idêntica à do andar inferior: os mesmos abajures e tapetes modernistas e estragados, uma pequena mesa de nogueira e tapeçarias da mesma série de banhistas diversas nos diversos desertos, penduradas por argolas. Tinham preparado lanche para quatro: um jogo de chá de prata e bandejas com torradas e doces. Voltou a bater palmas, e afinal uma jovem, com um avental preto e coberta por um véu preto, que trazia um bule, encheu as xícaras com uma infusão pálida.

— Talvez prefiram café. O seu pai sempre tomava chá.

Não conseguiam compreendê-la; beberam aquilo, o outro levantou a xícara com a mão esquerda, sem tirar a direita do bolso.

A discreta campainha tocou várias vezes.

— Vocês me desculpem.

Fechou a porta, as duas xícaras milagrosamente sustentadas no ar mais do que pelos dedos pelo levitativo equilíbrio do medo ou o costume de receber chamados da inquietação com o copo no ar; seus dentes apertavam ligeiramente a louça e o olhar não dirigido a parte alguma, fundido nas sublimadas relíquias de uma curva do ontem onde, a um passo das águas fosforescentes, se refletia o brilho do ombro desesperadamente imóvel e evanescente. Em seguida ouviram-se passos embaixo, vozes tranqüilas de pessoas que entravam. Ele quis se levantar, e lutaram pela primeira vez; em seguida, depois de um puxão, soltou a mão e ficou em pé, ouvindo (eram os mesmos passos de antanho, as vozes baixas, mas brilhantes, até os últimos e mais cobiçáveis timbres de risadas femininas que chegavam ao quarto infantil na escuridão, debaixo das cobertas e das cordas), mas o velho voltou a afundá-lo na poltrona sem dizer uma palavra. De repente apagaram a luz, e ele começou a voltar apertando-se contra o velho e soltou a mão e jogou-lhe o braço por cima;

e de trás da tapeçaria saía uma luz pálida e violácea que se refletia no disco de cristal e no bule de prata. A jovem entrou de novo para retirar a mesa — não estava com o véu, olhava-o fixamente, tão fixamente que dava a impressão de aumentar certa azulada claridade, o avental tinha soltado até a cintura — mas levou apenas o bule. E talvez ali tivesse começado; mal havia percorrido o tapete, voltou de novo aquele perfume de travesseiro que, sem dúvida, tinha permanecido na pele, apesar de que o velho, todas as noites, pulverizava inseticida por toda a casa. Em seguida acendeu outra luz, um raio de luz amarela debaixo da tapeçaria, ao mesmo tempo que toda a casa se tornava silenciosa e escura e eles (porque ele, sem se lembrar, devia tê-lo encontrado; não era mais uma dobra da memória insepulta, destruída e dispersa em mil fragmentos irreconciliáveis flutuando sobre um copo de *castillaza*, era mais o hipertrófico, momentâneo e irascível crescimento de um daqueles fragmentos conservados em álcool), agarrando-se de novo as mãos, começaram a lutar; atiraram a mesa e as xícaras: derrubaram a poltrona e, uma vez no chão, se pegaram pelo pescoço. Somente de vez em quando pareciam deter-se de comum acordo para ouvir; só havia uma pequena luz e o silêncio da casa enorme, os quatro olhos num instante atentos, as duas cabeças juntas que voltavam à luta depois da instantânea (não decepção) comprovação. O jovem o havia agarrado pelo colarinho, mas o velho, mais hábil, com uma só mão lhe virou o rosto e o jogou contra a parede; o abajur e o disco de cristal caíram, deu uns tropeções e foi agarrar-se a uma prega da cortina, que foi ao chão com o trilho e as argolas, mas ainda o segurou a mão robusta do velho, cujo olhar — sereno, calmo, sem recriminação alguma, perfeitamente fixo nos olhos do tutelado — mantinha aquela algo tosca e turva mistura de resignação e discreta desolação que tinha constituído sempre a essência da sua pupilagem; era um homem seco e forte — segurando-o ainda pela mão cravava as unhas na sua palma —, de origem humilde, que tinha sido agente e testa-de-ferro do seu pai nos anos do jogo, mas a quem certos escrúpulos que brotam numa maturidade malograda, uma antiga vocação para a honestidade somente sepultada pela dura obrigação da luta ilegal nos anos de juventude, tinham incompatibilizado com os negócios com que o pai se enredara; era um homem que tinha uma conta pendente, conhecedor de certas coisas delicadas e cujas proximidade e dependência o pai estimou imprescindíveis, assegurando sua fidelidade com a entrega de sua confiança numa missão de tanta responsabilidade como a vitalícia pupilagem do seu filho, para que, pelo menos, se formasse um pouco à parte do cenário dos seus mais tenros anos; tinha manifestado a ele, além disso, sua decisão de mantê-lo para sempre afastado da sua casa e privado de todo contato com os amigos e sócios que administravam a casa. Detrás da cortina apareceu afinal a cama, com uma colcha de linho de seda azul chinesa, iluminada à baixa altura pelo abajur da mesinha-de-cabeceira; então voltou a cravar-lhe as unhas, e a segurá-lo pelos pulsos, e a tentar segurá-lo com o olhar, talvez procurando um tipo de hipnotização que podia ter ficado a ensaiar através dos copos durante centenas de tardes, porque ele já a tinha visto; teve que compreender — o perfume tinha voltado, um cheiro insalubre, inquietante e indefinível, mais que o perfume uma contínua ionização da atmosfera de bordel pelas lampadazinhas de cores frutais e copos tampados e axilas odorizadas — que toda a capacidade de ameaça e persuasão que podia concentrar num olhar (porque nem conseguia lhe dizer quatro palavras alinhavadas sem três blasfêmias), preparada na mais severa e rigorosa disciplina, continha apenas a milésima parte de energia para distrair aquele átomo de memória do ombro reverberante — não pela silhueta da camareira diante da lamparina, nem pelo avental de seda preta que arrastava pelo chão, nem sequer pelo perfume de travesseiro nem pelo eflúvio da axila nem pela fumaça do cigarro fluindo sob a tela de pergaminho da pequena lâmpada, mas justamente do ponto de brilho de um ombro ovalado nu, caindo, como a última gota de um ácido sobre a solução espúria de uma memória incolor, os flocos brancos de um desejo tenaz cansado no fundo do copo para lembrar, repetir-se e consumar-se —, porque, vindo de novo para cima dele, o agarrou pelo colarinho e pelo pescoço disposto antes a derrubá-lo no chão do que a permitir que se produzisse uma nova violação. Ela não esperava que lutassem ali; no entanto, sentou-se na cama, desfazendo o penteado. Voltou a encontrar o olhar dela — através dos dedos do velho —; devia ser o mesmo, mas não era tão profundo; já não era brilhante, tinha perdido a animação e certo perverso interesse e os via lutarem com a mesma indiferença de antanho. Logo reataram a luta embaixo da cortina; caíram a outra parte e umas pequenas e grosseiras miniaturas com molduras de ferro preto; o console do outro quarto girou, separou-se da parede e, arrastando a mesa em que tinham lanchado, se espatifou contra o sofá desventrado. Afinal, arrastando-se pelo chão com o velho em cima e agarrando-se ao rodapé, aos pés e mordendo as mãos dele, conseguiu chegar até a cama e, apoiando-se na cabeceira, ficar de joelhos enquanto o móvel começava a ranger. Ela, com uma expressão de tédio e cansaço, deixou a cama. Apoiando-se na cabeceira, conseguiu erguer-se mordendo-lhe a mão, enquanto o velho o puxava pelos cabelos e tentava agarrar seu pescoço, enquanto ela, com tédio, começava a tirar as meias.

— Não é a mesma. Não é a mesma. Não é a mesma. Não vê que não é a mesma? Estou falando que não é a mesma.

Então ele o tirou de cima, agarrou-o com as mãos pelos ombros e, agachando-se e apoiando-se na grade da cabeceira, afastou-o com um golpe repentino pelas costas; em seguida girou e o jogou contra a parede com um chute no peito. Ela se tinha sentado novamente na cama, tirou as meias e toda a roupa de baixo de luto e coberta só com uma ligeira combinação transparente, com os braços cruzados e segurando o cigarro, cuja cinza se estendia pelos lençóis, olhava-o fixa e calmamente, sem nenhuma expressão de aprovação mas tampouco com contrariedade, sem um sorriso nem uma expressão definida, nenhuma expressão elementar de interesse, ou medo, ou admiração, ou desdém, ou tédio, apenas fixa e calmamente, como se tivesse sido depositada dentro de uma urna naquele estado semivirginal para continuar olhando eternamente para toda a eternidade daquele cigarro, tão isolada do tempo, e do sol, e das tardes de inverno, e das próximas nuvens, como o peixe boquiaberto e *voyeur* na cisterna azulina do aquário subterrâneo. Quando sentou-se na cama (com a boca aberta), olharam-se durante um longo momento e de perto; ela não piscou, em seguida colocou a mão na sua e tampouco piscou, mas sim, olhando para o teto, jogou a fumaça para cima. Em seguida colocou-lhe a mão no ventre e a passou pelo corpo até chegar à axila, aos braços erguidos e ao rosto (enquanto ela voltava a se deitar), escondendo seu olhar no teto. Quando retirou a mão, ela continuava olhando, não fechara os olhos; em seguida enredou os dedos na cabeleira e a puxou com força; afastou-lhe o pescoço e começou a lhe cravar as unhas, mas ela se manteve imóvel, sem se alterar nem desviar o olhar do teto. Ficou em pé, deu um passo atrás e então olhou para ele. (Tentava encontrá-lo; estava relacionado com as antigas palavras do velho sentado ao seu lado na casa suburbana; a mesma indiferença, a mesma falta de paixão, inclusive a pequena lâmpada da mesinha-de-cabeceira rompia também a parede com uma diagonal que ao iluminar seu rosto com uma luz refletida se unia num ponto de distância — sem vínculo de memória, mas alinhavado com um mesmo fio de medo e de passado —, não por acaso nem por qualquer gratuita sacudida de uma consciência giroscópica, mas sim porque uma clandestina necessidade de conhecimento tinha atravessado com o fio todos os momentos do horror — com as formas de luz no teto em sombras das noites infantis —, sob as cobertas e as cordas, os passados do ontem e os maiores sussurros do ontem através de portas fechadas, situados sempre numa manhã estéril, na exangue claridade da manhã através da tela metálica da janelinha do lavabo, e os entardeceres violáceos além da parreira entrecruzados de folhas que as palavras entrecortadas do velho (não o vento) pareciam mover, e a distância dos copos, com a silhueta, além das folhas e no mesmo lugar (talvez) que as palavras, dos cumes aristocráticos e cordilheiras de nomes imortais que afloravam da infância, atravessando o imenso tédio entre nuvens de uma adolescência destruída por mil desejos frustrados vestidos de farrapos entre quatro paredes nuas e uma tela metálica; era talvez o aviso surgido daquele atrás que tentava por todos os meios chegar antes que o desejo, levantou o pescoço e ergueu o peito, elevou os joelhos debaixo do tecido de *nylon* e mostrou os pes com as unhas pintadas (transformado numa certa curiosidade que depois de um primeiro processo reflexivo se tornasse o ponto em que tinha que atar e amarrar o fio alinhavado nos gestos do ontem, porque...); em seguida esmagou o cigarro no cinzeiro da mesa, lançou ao ar uma última baforada e apagou a luz (o desejo era o de menos; ali estava e podia esperar aquele prévio instante que o desejo despreza ou prefere consumir na espúria contemplação e antecipação dos seus atos, mas que para a memória e para a consciência pendente de um impulso dela supõe a única oportunidade de libertar-se da servidão do passado; podia, pois, esperar — entre suspiros e reflexos na escuridão, e rangidos de lençóis —, como o pagamento de um dinheiro adiado durante meses, exige afinal um último requisito postergante, esperando em vão a chegada de um aviso redivivo do passado nascido de um copo imundo ou uma campainha de metal ou um...); o *nylon* tinha caído na beirada da cama, e o corpo, na escuridão, ao avançar vitorioso de uma luta com as próprias sombras, refletia seu orgulho na metamorfose dos pés, e sua jactância na altura dos ombros, e sua vitória na nascente do pescoço, e sua inesgotável capacidade de desprezo nos olhos, e na formação da testa (ombro onde há anos atrás tinha lutado pela primeira vez por algo exclusivamente dele); parecia dormir, e um pouco de luz fugia ainda pela nuca, e pelas costas reclinadas, e pelo (e por onde ainda por cima havia quase definitivamente perdido toda sua capacidade de desejo e sua inicial reserva de paixão para transmutá-las — passaram as peles brancas debaixo das árvores, e soou a música adocicada pelas janelas abertas e iluminadas, e em seguida soaram as portas dos carros, e até uma taça rodou pela balaustrada, distraindo o brilho de um ombro nu, e mais tarde se fez um silêncio de jardim, de onde emergiu na escuridão o olhar de cansaço do pai, levantando a gola do casaco branco, em direção à janela com a tela metálica iluminada pela lâmpada azul-velório — nas horas baldias das tardes intemporais e dos transubstanciados copos de uma *castillaza* rançosa na qual de repente surge, com a exata, gratuita e rebelde indiferença com que o cometa entra no campo visual da equatorial, nas tardes excepcionalmente doces de uma primavera precoce e sob os eflúvios insalubres das árvores, o brilho fugaz do ombro, entre as dobras dos lençóis e a cabeleira parda que brilhava como a bola perdida num campo de cevada; quis retroceder sem afastar o olhar daquele ponto (ombro que ao entrar fugaz na memória desaparecia mil vezes repetido e diminuído entre os brilhos equívocos da tarde) e tropeçou na beira da cama com o velho; não tinha desmaiado, mas sim se sentado e apoiado com um cotovelo na cama, como um filósofo de sarjeta que esperasse o viajante inoportuno, parecia mergulhado numa inútil, perplexa e taciturna reflexão. Quis lutar de novo, mas o velho não se moveu, sentado no chão, segurando as mãos para impedir que o estrangulasse, e o olhar quieto na cama: "Aí está ela. Já conseguiu. Aí está ela; logo voltaremos para casa. Mas se você fosse homem de verdade não o faria, justamente porque ser homem significa ter adquirido força suficiente para não dar um passo até lá. E não digo que não, talvez para chegar a ser homem seja necessário fazê-lo, não para provar o fruto proibido, mas para conseguir a indigestão que permita desprezá-lo na continuação. De outra forma, jamais poderá viver, jamais poderá sua pessoa vencer a clausura do tempo, porque isso que você tem aí diante de si — misturado com perfumes de travesseiro e cabeleiras soltas — nada mais é que a armadilha que uma morte consciente do seu próximo despertar lhe tem preparado dia após dia. Porque isso é a morte: viver o instante dominado tão-somente por este instante. Este é certamente o seu primeiro encontro com ela, mas ela voltará mais vezes; lembre-se ainda dos toques da campainha nas tardes úmidas com o interrogante sobre as águas de fora; é a morte, num instante ressuscitada. Um dia, uma manhã no campo como você não se lembrará de outra igual, aparecerá de repente um caminho aberto à sua esquerda e ao fundo, depois do rumor da cabana, encontrará a casa que você esteve procurando desde os seus sonhos infantis: é a morte. E num outro dia será o aviso, a pergunta terrível de um desconhecido que o esteve procurando enquanto você estava ausente da casa: é ela; demorará para voltar, mas é ela. E um dia, um dia inesperado que no decorrer de um minuto é capaz de transtornar toda a sua existência, verá a mão pálida, peluda e trêmula que coloca diante de você a ficha de madrepérola sobre a mesa de jogo, enquanto você, incrédulo, aguarda atrás dos naipes como o caçador atrás da sebe. Um dia saberá o que é isso, saberá o que é viver, uma coisa que só se sabe quando ela ronda o ambiente, porque todo o resto é inútil, é hábito e é passado; o presente, esta parte do tempo arbitrária, irresponsável, cruel, involuntária e estranha a você, tão falsa que de uma única piscada o transformará num cadáver, tão digna de apreço que no dia em que possa sobreviver a ela se fará homem e saberá viver. Aí está ela, bem diante de você, olhando-o nos olhos. Se acha que poderá suportá-la, prove. Se sair vitorioso, garanto que nenhum toque de campainha voltará a turvar a paz da nossa sesta. Prove." Não tinha falado, o mesmo olhar, definitivamente aderido aos seus olhos por uma espécie de resina incolor e chorona, parecia liberado — inclusive da cabeça erguida e sustentada pelo cabelo pela mão do jovem, como a de uma Górgona serena e indiferente — de toda inquietação por um tipo de secreta, triunfal e vagabunda desolação. Voltou a bater nele; jogou-se no chão em cima dele, e agarrando-lhe a cabeça com as duas mãos golpeou-o freneticamente contra o solo; logo quis soltar as mãos do pescoço do velho e compreendeu que a mesma força estranha que tinha fixado o seu olhar tinha definitivamente apertado e fechado suas mãos em torno do colarinho da sua camisa. Estava tão perto da sua bochecha que podia contar na escuridão os pontos brancos de uma barba de dois dias num rosto nobre — como através do reboco partido nascem os tenros brotos de uma cevada interrada —, esculpida na estéril e liquefeita e sombria argila sacudida de calafrios, que tremera durante quase uma hora de intermináveis balbucios, molhada pelas lágrimas que brotavam sem sentido e foram cair na boca entreaberta até que, por cima do jovem, o braço nu, as unhas pintadas de cor de madrepérola nuns dedos delicados e frios que foram soltando com felina e samaritana delicadeza — como se afastassem os ramos de um espinheiro — as mãos do outro do pescoço do jovem até que a direita se abateu sobre o seu próprio peito como um pássaro morto, e fechou os olhos. Em seguida os braços nus se fecharam em torno do seu pescoço e o arrastaram na escuridão para a cama desfeita.

Já era dia quando o tiraram do quarto. Dois amigos do seu falecido pai se prestaram a isso, agarrando-o pelas pernas e pelos braços. Toda a casa estava limpa e em ordem; todas as portas e janelas, fechadas. Na sala onde na tarde anterior lhes haviam servido uma xícara de chá

— arrumada e limpa, tinham recolocado a cortina, e os móveis quebrados haviam desaparecido —, com o cheiro inconfundível não tanto de bem-estar quanto de uma ordem ciosa de sua aparência, esperava a maioria dos amigos e sócios do seu pai que pareciam atentos à diligência de um certo cavalheiro desconhecido, enfiado num casaco caro que, sentado numa cadeira dourada, tinha uma pasta de pele de porco. Sentaram o filho numa pequena poltrona rococó — na qual ele mal cabia —, e dois deles o vestiram juntos com lentidão, enquanto o cavalheiro olhava a cena com indiferença, segurando os óculos pela haste. Enquanto despertavam o filho — por fim conseguiu entreabrir as pálpebras, com a boca aberta, enchendo a pequena sala de um tipo de ozônio sexual —, acendeu um cigarro, tirou da pasta uma folha de papel timbrado, mediu a margem e o dobrou com esmero, e começou a escrever ao mesmo tempo que torcia o nariz e lançava pequenos espirros, olhando e aprovando com freqüência o anteriormente escrito. O velho tinha entrado também; permaneceu junto à poltrona, pegando e segurando a mão dele. Estava com o cabelo molhado, e debaixo da orelha até a camisa conservava um fio de sangue seco que não teve o cuidado de lavar. Às perguntas que o cavalheiro lhe formulou respondeu com um invariável "sim", olhando a luz da manhã através das persianas verdes. Por fim o cavalheiro assinou, selou e colou, recolheu seus utensílios e, lançando um olhar de enfado ao passar perto deles, tirando os óculos de aro de ouro saiu do quarto seguido dos amigos e parentes do falecido

O mesmo táxi ainda estava lá fora. O proprietário tinha deixado a porta solta no banco de trás. Quando chegaram à casa os esperava a mesma pessoa que lhes tinha levado a roupa e a chave, dois dias atrás. Não disse nada, mas ajudou a arrastá-lo para dentro. Em seguida examinou o táxi para ver se por acaso tinham esquecido alguma coisa. O velho o tinha deixado jogado numa poltrona estilo monacal do vestíbulo e tentava lhe arrancar o casaco preto, puxando pelas mangas.

— Qualquer coisa que aconteça é só avisar. Você já sabe.

O velho não respondeu, nem sequer olhou para ele, puxando-o pela manga. O outro fechou a porta, dando duas voltas na chave por fora.

Então continuaram chamando. Todos os domingos, inclusive durante um tempo tal — um ano foi a mesma coisa que um breve instante estupefato e flatulento — que ninguém na casa foi capaz de contar; intermináveis meios-dias e tardes barrigudas de alongados suspiros que flutuavam sobre as águas estagnadas detrás das taipas nuas; invernos inteiros que transcorreram num solitário e lento gole, reduzidos, descorados e atomizados no fundo de um copo — os olhares cruzados, que agonizaram pelas paredes vencidas, fantasiando a desolação pelas manchas água-marinhas da umidade, que atravessaram num último desespero os cristais acobreados e as argamassas de outono suburbano até as gelatinoimperiais cordilheiras onde tinham nascido e ao final se refugiaram os homens aristocráticos, os Bobio e os Valdeodio e inclusive o próprio barão de São Murano (coberto de peles fedorentas e com uma espada de madeira na cintura, que se alimentava de cenouras), as sombras duplicadas das árvores da antiga propriedade que anunciavam a chegada de um colosso, sombrio e insólito presente que havia de chamar indefinidamente.

Uma vez, na tarde de um feriado, chamaram de uma maneira muito singular. A casa, como o navio que misteriosamente pára e se apaga minutos antes da explosão, ficara em silêncio. Chamaram insistentemente, mas sem pressa. Mas por fim a porta dos fundos se abriu: todo o quintal estava coberto por um palmo de água que começava a inundar a casa; no corredor tinham colocado o ataúde, e como a água já alcançava alguns centímetros, tudo parecia indicar que em qualquer momento este sairia navegando; o cadáver estava coberto com um hábito branco, e um lenço preto em volta da cabeça segurava a mandíbula; seus olhos tinham ficado abertos e — no meio de uma absurda auréola de folhas e cardos secos e nardos estragados — parecia ter se cristalizado a demente, estóica, estupefata e contraditória ânsia com que tinha tentado, em vida, ver seu futuro através de um copo. O velho estava num canto, sozinho, apoiado na parede do corredor, escondendo as lágrimas com um lenço sujo. Sem levantar os olhos, disse:

— Entrem, entrem. Podem entrar.

Não tinha ninguém, mas, uma vez mais, a mão — saída das águas — puxou a cordinha e fez soar a campainha. O velho, sem tirar o lenço cor de ervas da cara, atravessou o quintal e afastou a tranca. A água subira tanto que passava dos tornozelos; as escoras da parreira tinham apodrecido, e uma parte dela havia caído.

Abriu, por fim, a porta do quintal, escondendo o rosto.

— Entrem, por favor, entrem.

Ao ver a água ficou parado. Em seguida, um menino entrou correndo saltando sobre as pedras brancas que formavam as antigas cercas, até a porta aberta e o corredor que exalava um fedor intenso de recinto fechado.

Perto da porta flutuava na água uma pequena bola de borracha branca, do tamanho de uma laranja.

Este livro foi impresso nas oficinas da
DISTRIBUIDORA RECORD DE SERVIÇOS DE IMPRENSA S.A.
Rua Argentina, 171 – Rio de Janeiro, RJ
para a EDITORA JOSÉ OLYMPIO LTDA.
em novembro de 2008.
*
77º aniversário desta Casa de livros, fundada em 29.11.1931